AFFAIRES DE CŒUR

Les ouvrages publiés de Madeleine Chapsal
sont cités en fin de volume.

Madeleine Chapsal

Affaires de cœur

roman

Fayard

Il venait de découvrir une solution étonnante : on peut dire « Je vous aime » à la personne qu'on aime.

Roger Nimier, *Les Enfants tristes*

PRÉFACE

Quand je relis ces pages restées jusqu'ici inédites, tapées à la machine et à la va-vite dans les années cinquante, à la fois je me reconnais et ne me retrouve pas. Je ne suis plus capable d'écrire avec cette insolente frivolité – encore moins de penser, d'aimer en quelque sorte « par-dessus la vie... ». C'est que la vie importait peu à l'époque, je venais tout juste d'y entrer, la guerre et ses grands massacres nous étaient encore si proches, juste derrière nous.

La jeunesse d'alors ne se voyait guère d'avenir et ne s'en souhaitait pas. Contrairement à aujourd'hui où les plus jeunes réclament que leur soient assurés un logement, la paix, un emploi, la santé, en somme la sécurité !

La sécurité, cela existe donc ? Où ça ? Pour qui ? Dans quel but ? Pas pour nous, en ce temps-là...

Notre royaume ne pouvait être que celui des sentiments. De l'exacerbation des impressions et des sensations qui nous venaient du cœur et du corps. Nous disséquions ce qui nous était le plus proche sans parvenir pour autant à nous dire que cela nous était cher. Qu'il eût fallu le préserver ! Tout n'était bon qu'à être gaspillé, jeté au vent, dispersé, dissipé comme notre jeunesse, comme nous...

L'amour n'étant qu'un lent moyen d'imprimer de la vitesse au temps afin qu'il nous tire hors d'ici, vers d'autres galaxies.

Dans ces pages il n'y a pas d'adultes ni d'enfants, pas de parents, pas de mentors, rien qu'eux et moi : mes complices, mes ennemis intimes, mes reflets, mes doubles, mes amours cachés.

Je n'en possède désormais que ces quelques images, saisies à l'époque comme aujourd'hui on prend des photos, dans l'éblouissement d'un geste, le fracas d'un mot. Avec le pressentiment de la nuit et du silence qui allaient suivre, nous tomber dessus.

Qui sont là.

M.C.

I

Le brouillard couvrait Paris, un brouillard « anglais » ; ce visiteur s'était insinué dans chaque ruelle, chaque interstice, bloquant la ville. Je me perdis, me retrouvai ; au bout de cette brume il y avait une maison inconnue, une femme inconnue qui m'avait invitée à dîner. Elle ouvrit la porte avec gaieté. Ce rire, cet éclat, voilà qui me parut bêtement facile. Et je me détournai vers l'homme, son mari.

Il y a des hommes qui avancent tout de suite les mains pour qu'on y pose les siennes ; c'est un jeu, c'est aussi une lutte. Ainsi Philippe. Puis il croisait dans la pièce sans regarder personne, mais sa voix venait se poser contre la vôtre, la bousculant gentiment. Lui qui était grand, fort, évoluait dans ce petit appartement sans rien renverser ; non par adresse, mais par crainte du désordre. Sous ses vingt-cinq ans je voyais déjà la trentaine, puis toutes les années qui allaient suivre : des années grasses et occupées.

C'était à moi qu'il s'adressait, par pur besoin d'un public. On ne m'avait jamais dit : assieds-toi là et juge. J'étais flattée ; nos vanités se convenaient.

Odile, assise à mes côtés, suivait mal, intervenant hors de propos. Philippe s'exclamait, protestait, je la défendais : cette fille me faisait valoir. Je l'examinai par reconnaissance. Il y avait dans son visage une expression qui me frappa sans que je l'aie sur-le-champ nommée : la fierté. La fierté n'est pas une qualité, c'est une limite. Les êtres à frontières nous exaspèrent et nous attirent. J'eus envie de cerner Odile, c'était facile ; n'était-elle pas de surcroît naïve ? Je la pris à partie dans la discussion ; tout ce qu'elle ne savait pas, je le savais ; ce qu'elle n'osait pas, je l'osais, l'oserais.

Après dîner, Philippe m'assaillit à son tour. Les mots craquaient entre nous, je tirais l'estrade sous lui pour le taquiner. Odile, heureuse de la chaleur, de la brume, s'absentait de plus en plus. Voilà bien les femmes, pensais-je, toute présence au foyer, toute absence. Pourtant, mon attention ne la quittait pas ; je m'amusais avec Philippe, je contemplais Odile.

Bonheur aveugle des rencontres, je les quittai enchantée. C'est, me disais-je, un petit couple charmant. Elle est bonne, il est brillant. Il

s'ennuiera le soir avec elle et se distraira le jour ;
c'est l'équilibre.

Dehors m'attendait le brouillard, je m'y
enfonçai, m'y reperdis. Cette exploration me
paraissait autrement sérieuse que celle de mon
cœur. Avais-je un cœur ? J'avais cet âge
affreux : la fin de l'adolescence où l'on croit
avoir tout connu, tout gâché, et se survivre.

Au reste, que désirer ? Ce jeune couple était
l'exemple qu'on me donnait du bonheur et de
l'établissement. Je comptais ne jamais les revoir.

Ce fut l'hiver. Nous nous invitâmes à dîner,
au cinéma. De quelle voix composée on se téléphone : « Que faites-vous ce soir ? » Puis aux
autres : « Je dîne avec mes amis, les C. » Tout
semble dans l'ordre ; tout menace.

Dès l'escalier, l'entrée, une inquiétude me
travaillait. Impatience, me disais-je ; il faut, ma
fille, apprendre à te maîtriser. La porte s'ouvrait,
pour la bonne j'étais la visite. Moi j'ouvrais les
yeux, les mains... et rien, bien sûr. On
s'asseyait, on fumait. J'apprenais d'eux ce que
je ne voulais pas savoir, leur emploi du temps. Je
ne découvrais pas ce que j'étais venue chercher
et qui m'était inconnu.

Odile avait deux enfants, ce qui me parut
incongru. A-t-on des enfants à son âge, à l'âge
de Philippe ? Pour moi, l'enfant, surtout en bas

âge, était une production des matrones. La jeunesse ne possède qu'elle-même, ses cheveux fous, ses mains glacées. Que venaient faire ces bébés ? De toutes mes forces je tâchais d'être polie, de ne pas remarquer l'infirmité de mes amis : leurs enfants. Au reste, à ma surprise heureuse, ils se conduisaient fort bien avec eux : ne s'en souciant guère, les traitant comme on rêve depuis toujours de voir traiter les enfants – en organismes qu'il faut nourrir, laver, puis ranger dans un placard. On les en ressortira dans vingt ans.

Blonds, forts, les enfants prenaient silencieusement et très bien cette éducation. J'étais sur le point de m'attendrir, il était peut-être possible de les adopter, prétendre qu'ils faisaient partie de notre groupe ? Mais Odile et Philippe ne parurent pas y tenir. Je renonçai à mes bonnes intentions. Les enfants ne devinrent pas nos frères ni nos amis.

De temps à autre, cependant, me trouvant seule avec l'un d'entre eux, je lui disais : « Tu es gentil. » Il me regardait d'une autre planète ; nous n'avions rien en commun.

Au début, je vis souvent Odile seule. Qu'une femme soit une rivale, cette réalité m'offusquait et je m'obstinais à la surmonter. Laissant la beauté d'Odile me sauter d'abord au visage, j'allais ensuite poser mes lèvres à l'endroit même qui me faisait souffrir, près de ses yeux.

Puis nous sortions nous promener. Elle aimait les magasins, les larges avenues. Ce n'était pas le luxe, comme je le crus d'abord, qui l'attirait, mais cette paix que l'on ne trouve qu'auprès de l'ordre. Les belles vues, les cathédrales : autant de motifs de révolte pour certains ; d'autres, comme Odile, s'y tranquillisent.

« Comme on est bien ! » me disait-elle sur un banc de jardin public, au chaud chez un grand pâtissier. Je regardais les statues, la moquette ou les faux lustres. Pour moi, j'étais partout mal à l'aise, cela ne me changeait pas. J'écoutais sa voix pure commander du thé, un gâteau. Comment faisait-elle pour parler aussi distinctement à une serveuse, une chaisière ? Ce naturel me donnait de l'envie ; en même temps naissait en moi un indéfinissable mépris.

Oui, à cette époque je demeurais à son égard partagée entre l'envie admirative et le mépris. Pourquoi ? J'ignorais tout de mes raisons. Quand j'en avais honte, j'embrassais sa main, son épaule. Quand j'étais contente, je la serrais à bras le corps, étonnée d'oser des gestes qui me semblaient d'enfance, alors que de toute mon adolescence je ne me les étais, avec aucune amie, jamais permis. Ni les baisers, ni les confidences.

Avec Odile il n'y avait pas non plus de confidences. Peut-être eussions-nous trouvé des réponses si nous avions eu des questions ; nous en manquions toutes deux. Ce n'était pas de l'indifférence ; Odile aimait le calme et moi je ne savais pas qu'on peut interroger directement sur ce que l'on désire apprendre. J'enquêtais de toute ma peau. Méditant sur l'origine de ses bijoux, le choix de ses vêtements, cette curieuse manie qu'elle avait de lever un doigt pour boire. Une femme, je n'en connaissais pas d'autres qui eût mon âge et sa beauté. À chaque nouvelle observation je m'interrogeais : suis-je ainsi ? Je me découvrais en la découvrant – et souvent je ne savais laquelle de nous deux préférer.

Nos premières sorties furent diurnes, oisives et surtout ennuyeuses. Nous nous retenions de nous livrer à ce qui nous eût vraiment plu : aller à la campagne, passer l'après-midi au cinéma. Par éducation et aussi parce que nous ignorions qu'une émotion violente peut se partager. En public je me contenais toujours, enregistrant sans l'éprouver ce qui devait, lorsque je serais à nouveau seule, faire battre mon cœur.

Pour elle il en était probablement de même. Lorsque nous nous quittions sur un baiser, je la sentais lasse, lourde de ce qui nous avait rapprochées et qu'il lui fallait, comme moi, le secret pour dénombrer.

Ces existences, celles des C., qui n'étaient pas la mienne, m'occupaient de plus en plus ; je les respirais de trop près. Sans cesse ils m'appelaient auprès d'eux. L'hiver était pour nous coin du feu, vin débouché. Nous bûmes, ces semaines-là, beaucoup de champagne sans qu'Odile et moi l'aimions vraiment. Mais, au moment de dîner, Philippe proposait d'en ouvrir une bouteille avec tant d'animation que nous nous laissions séduire. Sa gaieté nous emportait toutes deux ; dès qu'il était sorti, ne fût-ce qu'un instant, nous tombions dans un silence contraint que je prenais pour de l'ennui.

Philippe revenait, agité, sa bouteille à la main ; aussitôt nous étions à nouveau prêtes, moi à la moquerie, Odile à la joie. La joie d'Odile, comme sa colère, était absence : un cerne plus sombre autour des yeux et dans la voix une note irréelle. Quelle qu'en fût la raison, cette métamorphose me bouleversait ; j'en voulais à Odile et cherchais par tous les moyens à lui faire mal ; ou plutôt à la secouer.

Mais mes saillies, mes brusqueries la choquaient sans qu'elle revînt à elle ni parmi nous. Philippe me regardait d'un œil réfléchi où je croyais lire un reproche, ce qui achevait de me désoler.

Presque toujours, en effet, je les quittais dans la confusion. Tentant de la dissimuler, sachant que plus tard je ne vaudrais guère mieux. Se retrouver seul, dans une rue obscure, après une soirée où l'on fut un peu aimé, est peut-être ce qui glace le plus sûrement.

Ils me proposaient souvent, pourtant, de rester coucher chez eux, sur un divan, près des enfants. Philippe s'offrait même à prendre le divan et à me laisser partager le lit d'Odile. Je refusais ; ce petit courage, ramasser mes affaires et descendre dans le froid, je l'avais encore, le soir. L'aurais-je, si je m'abandonnais, le lendemain ? Or je voulais bien les voir, et même les aimer, mais à condition de demeurer parmi eux une étrangère.

Du côté d'Odile, j'aimais parfois me laisser soumettre. Elle m'emmenait faire des courses. Sa famille ayant possédé beaucoup d'argent, elle évoluait dans le luxe comme dans un milieu naturel, connaissant par cœur le réseau des beaux magasins et des adresses plus secrètes, pour initiés.

En entrant chez un couturier, Odile n'avait pas l'impression de commettre un acte rare ; un cuir, une laine, c'est dans les magasins les plus sophistiqués que ces produits sont vendus sans altération, et pour tâter leur beauté naturelle Odile reprenait son profond sourire. On l'accueillait bien ; chez ces harpies hystériques que deviennent les personnes trop longtemps en contact avec la clientèle de luxe se réveillait un peu d'humanité ; c'est qu'Odile, dépourvue de vanité, respectait ce qu'elle venait acheter. Et les vendeuses s'adoucissaient à la vue de ce spectacle insolite : voir caresser sans concupiscence la soie et la fourrure.

Odile se mettait nue pour essayer. La beauté est insulte, on le sait depuis toujours, on l'oublie. Mon amie ne s'en apercevait pas et c'est moi qui goûtais l'humiliation qu'elle infligeait à ces éclairages tamisés, aux yeux baissés des habilleuses – précautions cette fois inutiles.

Y avait-il un autre trouble ? Si je prenais le temps d'y réfléchir, c'étaient seulement les défauts de ce corps qui m'affectaient, autant d'affronts à un spectacle que je voulais parfait. Possessive je l'étais, comme ces mères qui giflent une fille pour un nez trop long. Lorsqu'un modèle lui allait mal, je poussais des cris ; elle le prenait comme il fallait : une faute de sa part. Et quand elle avait trouvé la robe qui lui convenait, je me taisais. « Celle-là me va-t-elle ? » demandait-elle alors, inquiète. « Pas mal, tu peux la prendre », répondais-je, le cœur étreint.

Puis je la bousculais pour qu'elle se rhabille. Une fois seulement, en lui passant une robe, je posai mes lèvres sur son épaule nue. Elle me jeta le même sourire joyeux qui la prenait lorsqu'un de ses bébés, d'un doigt incertain, lui caressait le visage.

Ou bien c'était moi qui l'entraînais. Philippe nous prêtait sa voiture. J'aimais conduire, Odile ne savait pas. Toutes ces courses inutiles, ces fausses sorties de Paris où, au bout de vingt kilomètres de nationale ou d'autoroute, l'on rentre, le cœur bredouille ! Pourquoi ne songions-nous jamais à nous arrêter à un bistrot, ou près d'un bois ? Peur, bien sûr, mais peur de quoi ? Je me faufilais entre les voitures, me faisant un scrupule de ne jamais négliger une occasion de passer ou de doubler. À mes côtés, la tête à demi-renversée, inconsciente des risques, Odile chantonnait. Puis me posait une question comme à l'étourdi ; mais, entre toutes ses questions, il existait une parenté d'intonation – voix soudain de petite fille qui ne réclame rien, s'étonne. Comme je m'obstinais à lui répondre, je me sentais lourdaude, stupide.

Un jour, l'un des pneus éclata ; ce fut une aventure de se retrouver hors de la voiture, dans l'air frais, avec sous les pieds le gazon du talus. Odile admira mon efficacité : arrêter un véhicule et obtenir l'aide charitable d'un conducteur. En elle, des trésors d'admiration ; ce qui me les gâchait, c'était de savoir qu'elle les distribuait sans compter, à Philippe, à n'importe qui. Et puis, comme toutes les admirations féminines, la sienne avait un revers : le désir d'esquiver une corvée en s'en déclarant à l'avance incapable.

Au retour elle m'invitait à prendre le thé ; ce thé, que j'acceptais généralement, me désolait. Après l'échauffement de la vitesse, l'obéissance grondeuse du moteur, la fuite de tant d'arbres, ces quelques feuilles noirâtres et desséchées ! Je coulais dans un marasme coupable. Et c'était Odile que je rudoyais ; pis, je lui parlais d'une voix doucereuse, méprisant sans le lui laisser voir son contentement facile. Ne trouvait-elle pas naturel d'être à nouveau dans la prison de son appartement ? En moi tant de vastes horizons et de courses à perdre haleine ! Rien ne s'en manifestait et j'étais incapable d'entraîner quelqu'un dans mes escapades ; pourtant, j'en voulais à Odile de les ignorer.

Si j'avais été certaine d'être méconnue, serais-je restée ? De temps à autre, Odile commençait une phrase ou amorçait un geste dans ma direction. Et j'étais toute attente, mais rien ; et ne sachant pas ce que j'espérais, je ne parvenais pas, seule, à achever ce qu'elle venait de promettre.

Après le thé je m'en allais, un livre sous le bras, un de ses foulards autour du cou. Elle ne pouvait me laisser partir sans me donner ou, mieux, me prêter quelque chose qui lui appartenait. « Rentre bien » : cette douceur, elle la murmurait comme pour elle-même. Jamais elle ne parlait du lendemain ou de projets à venir. Tout était fini dans l'instant.

Un soir où nous avions dîné comme à l'ordinaire sur une table de bridge dressée dans leur chambre – l'autre pièce servait aux enfants –, Philippe parla de se rendre au cinéma. « Je préfère, dit Odile, le théâtre. » Et une controverse s'engagea, non pour choisir entre les spectacles, mais sur l'ordre dans lequel il fallait les préférer.

Jamais encore je n'avais vu Odile se fâcher, un éclair mat aux yeux et dans la voix une fibre qui sonnait plus rauque. Ce n'était pas l'obstination de l'orgueil qui veut avoir raison ; un chemin sombre s'ouvrait devant elle et je sentais qu'elle s'y jetait, me fuyant, fuyant Philippe. Lui, se contentait d'insister, en homme irrité, avec des arguments, des preuves : « Et le jour où c'est toi… » Mais le filet de la raison a les mailles bien trop larges pour les créatures comme Odile ; sans effort elle passait au travers. Je la vis s'éloigner et ressentis ce pincement que je commençais à connaître et que je prenais pour de l'envie. Elle était belle, visage qui a trouvé son heure, son expression.

Il me fallut intervenir : du théâtre ou du cinéma aucun pour moi ne l'emportait. J'étais trop peu construite pour qu'un spectacle de cet ordre puisse me bouleverser. Mais Odile m'abandonnant, je choisis Philippe et le cinéma.

Mon adhésion fut décisive ; quelques instants plus tard, nous étions lui et moi sur le pas de la porte, souhaitant le bonsoir à Odile qui voulait se coucher. Sans acrimonie. Les blessures que nous pouvions nous faire n'étaient pas de celles qui dressent et arment les amours-propres. C'étaient des blessures de la tendresse, qui ne peuvent ni saigner ni guérir.

« Tu es sûre que tu ne veux pas venir ? » Elle nous embrassa tous deux : « Amusez-vous bien », mais ses yeux demeurèrent obscurs.

La vérité de Paris est une nuit de novembre humide et encore tiède. Elle ouvrait pour nous, ce soir-là, ses couloirs et ses recoins. Marchant au côté de Philippe sur les boulevards, je constatais sa force : il prenait plaisir à se trouver à l'endroit même où il était. Odile, comme tant d'autres, se voulait toujours ailleurs, ses yeux perdus ne cessaient pas d'en témoigner.

Je posai ma main sur l'épaule de Philippe ; il tourna la tête, joyeux, puis passa doucement son bras sous le mien. Auprès de ce garçon je n'avais rien à craindre, en lui nul abîme où me perdre. Sur cette certitude – qu'on ne s'aimera pas – se fondent bien des liaisons et des erreurs.

Nous allâmes au cinéma. Du film j'ai tout oublié, mais je me souviens de ce grand garçon qui riait à mes côtés comme s'il était normal de rire. En fait, ce rire n'allait pas loin, ni en lui ni en moi.

Et puis nous nous retrouvâmes à la terrasse très éclairée d'un café. Comme nous savions mal parler ! Je croyais encore à l'époque qu'il y a deux domaines : ce qu'on pense et ce qu'on dit, et j'aurais cru me déposséder en exprimant ce qui m'était cher.

Philippe se plut à mon sérieux qui lui permettait de se produire. Il avait un prodigieux besoin de paraître, de se confesser. Le besoin seul était sincère. Lorsqu'il me parla de son amour pour Odile, sa voix baissa d'un ton, une mèche de ses cheveux noirs couvrit brusquement ses yeux, il tripota son verre. « C'est un être merveilleux. » Dans sa bouche, ces mots me raidirent, j'y voyais non l'évaluation des qualités d'Odile, mais une flatterie qu'il se faisait, puisqu'elle était à lui. Et quand il ajouta, pour souligner sans doute la possession, « elle est ma vie », quelque chose en moi se noua. J'aurais dû, bien sûr, exprimer aussitôt mon indignation. Mais c'était ma faiblesse : souffrir des mensonges sans croire au pouvoir des mots.

Et puis je comprenais mal ce qui me révoltait. Que savais-je véritablement de leurs relations ? Je le laissai poursuivre, user de son visage mobile ; je me croyais bien détachée, à peine agacée par cette suffisance. Il en est tant de par le monde. À la table à côté s'étalait la laideur. N'était-ce pas aussi quelque chose qu'il fallait subir ? Je subissais. Philippe parla de rentrer, de me raccompagner. À ma porte il effleura ma joue de ses lèvres, avec intention. « Tu vois bien que je te plais… », pensai-je. Mais je continuai à lui sourire, satisfaite d'avoir obtenu – au bénéfice de quelle science ? – ce début de preuve.

Je revis Philippe en tête à tête. Il y avait entre nous un goût de l'éclat, du tapage, et surtout de la nuit, qui manquait à Odile. Bientôt ce devint une habitude : Odile se couchait, Philippe et moi sortions ensemble. C'était le théâtre, les concerts. Cet ordinaire de la vie parisienne se révélait nouveau, à Philippe comme à moi. Nous débouchions de la guerre et surtout de notre enfance. Le fait d'aller sans nos parents au théâtre nous frappait encore comme quelque chose de singulier.

Philippe, ce novice, mettait la désinvolture d'un viveur à louer des places de théâtre, s'imposer au contrôle ou aux ouvreuses ; je me faufilais derrière lui, raide et mal à l'aise ; ce cérémonial d'autrefois dégageait une dignité à laquelle je n'étais pas insensible, mais alors qu'il tombait en ruines, pourquoi s'obstiner à le ranimer ?

Un soir il voulut à toute force m'entraîner chez Maxim's. Pour moi, Maxim's était un nom ; pour lui aussi. On en aurait douté devant la façon dédaigneuse dont il franchit la porte. Il affichait le naturel de l'habitué.

Ce fut là, dans ce cadre stupide où le mot « ruine » reprenait son sens banalement financier, où le sommelier versait sans affectation le champagne, que Philippe commença à me faire la cour – mot désuet, le seul qui convienne à cette comédie qu'il se mit à se jouer et que j'observais, fascinée.

Des générations enterrées il nous reste des livres que l'on n'ouvre pas toujours ; mais aussi des sites, des monuments, des rues où l'on ne peut s'empêcher de passer. Un cadre, c'est sournoisement qu'on y est confiné sans bien s'en apercevoir. En se penchant soudain vers moi, l'œil voilé, Philippe obéissait à l'injonction de toute une société disparue que, la connaissant, il eût probablement détestée. Et en moi je sentais revivre ces femmes d'avant-guerre, jambes haut croisées, frissonnantes au contact de la soie froissée de leurs bas. J'avais le souvenir de ma mère et d'autres femmes parfumées pour me précéder et me conduire. C'était un jeu. Y a-t-il des jeux qui ne cessent jamais brusquement d'être des jeux ?

N'aimant pas, je ne m'offrais ni ne me défendais. Où veut-il, où veut-elle aller, pensions-nous l'un de l'autre. Laissant pendre ma main près de la sienne sous les yeux d'Odile, « osera-t-il ? » me disais-je. S'il osait la serrer je le trouvais traître, s'il y renonçait il me paraissait lâche. Je croyais ne risquer qu'une chose : notre comédie. Un éclat briserait des illusions, des mensonges. Qui sait si nous ne repartirions pas ensuite dans plus de vérité ?

En fait, ce n'était pas ma raison, mais l'heure, le temps qui nous poussaient. D'un jour sur l'autre nous imaginions des sorties, des plaisirs ; nous tissions une toile de gestes et de regards. Déjà Philippe sursautait lorsque je pénétrais dans la pièce où il se trouvait ; sa voix changeait ; moi-même, je n'avais plus mon calme, il me fallait contrôler mes gestes, peser mes mots. Qui étais-je ? N'allais-je pas l'apprendre sous tant de surveillance ? En vérité je perdais jusqu'à mes goûts, ne sachant plus que penser d'un tableau que Philippe m'indiquait, d'un livre qu'il m'avait fait lire. Et je m'énervais de voir Odile, impassible, exprimer de tranquilles et fortes opinions aussi bien sur la composition d'un menu que sur le caractère de quelqu'un, à mesure même que mon jugement à moi devenait moins sûr.

Odile, en effet, ne variait pas. Qu'elle ne s'aperçût pas de notre manège était concevable, qu'elle n'en sentît pas les effets l'était moins. Parfois nous parlions en tête à tête de notre triple entente. « Philippe t'aime », me disait-elle avec tant de grâce que je n'ajoutais pas un mot. Mais, brusquement, ce qui me semblait parfois bassesse prenait un sens différent : peut-être nous aimions-nous tous trois, en effet, et n'y avait-il d'autres entraves que celles des convenances ? Mon cœur se mettait à battre plus vite ; je songeais à des sacrifices, des extases. Je relevais la tête et me jetais sur Odile pour l'embrasser vigoureusement. Comme nous allions être heureux !

Cette exaltation ne durait pas ; Philippe rentrait et, avec lui, la division. Il ne tenait pas à ce que nous fussions proches. Il y avait sa femme et il y avait moi. Non qu'il surveillât notre intimité ou nous interrogeât sur ce que nous avions pu nous dire. Mais il avait deux comportements différents : il bousculait, rudoyait Odile comme quelqu'un dont on ne peut se passer, qu'on interpelle pour s'assurer qu'il est bien là, qu'il répond ; puis, rassuré que tout allait bien, il se tournait vers moi, la voix plus douce mais les yeux violents.

Au début je riais sous cape de ce maître après Dieu ; je lui cherchais noise, tâchant de l'embrouiller : « Mais c'est Odile que tu devais emmener… » Il tempêtait, se défendait, finissait toujours, parce qu'il était le plus avide, par rétablir ce qu'il voulait.

Et ce qu'il voulait c'était m'avoir à sa disposition pour m'emmener en voiture, dans des musées, dans des thés, et jouer avec bonheur de lui-même. Quand on se fait la cour, on se prend la main ; les mains ne savent pas que l'on joue, ni les yeux qui contemplent trop longuement des lèvres. Je rentrais chez moi exténuée. Pleine d'ennui, aussi. Mais plus rien d'autre, ni un livre ni un ami, ne pouvait me distraire.

Un jour nous fûmes invités tous trois au même cocktail. Nous étions, Odile et moi, assez belles, et Philippe le savait. Voilà qui exige un public et suffit à expliquer bien des asservissements.

Je vis Philippe aller de groupe en groupe : « Ma femme… » Pour Odile, elle se contentait de sourire. On déteste voir séduire ceux qu'on aime ; ce n'est pas de la jalousie, mais les savoir méconnus : s'ils plaisent, en effet, c'est pour ce qu'il y a de plus superficiel en eux et que l'on a mis tant de temps à dépasser. Par colère je voulais rivaliser. Comme il est simple de plaire, il suffit d'investir ! M'approchant d'un inconnu je lui parlais d'abord de ce qui m'avait frappé en lui, ses yeux, ses cheveux, son maintien ; puis, à la façon dont il me répondait, je devinais son humeur et lui en demandais la raison. De cette raison nous cherchions ensemble la cause. Triste ? C'est qu'il se trouvait là alors qu'il voulait être ailleurs ? Ou bien la journée lui avait apporté une peine ? À moins que ce ne fût l'inévitable tristesse de ces assemblées où personne n'est là pour personne ? Moi-même, elle m'accablait.

Il y a quelque chose de tragique dans la rapidité avec laquelle on pénètre au plus vif de n'importe qui par le biais d'une phrase. Mais j'étais loin de m'attendrir : mon poisson ferré, je l'abandonnais brusquement, entrailles béantes.

Dans le tas se trouvait bien quelque roquet qui tâchait à mon égard de prendre l'offensive. Je laissais d'abord faire, surprise qu'on déballât autour de moi l'appareillage de la séduction. « Les jeunes et jolies femmes comme vous... » Insultante platitude, je raillais ; mais la raillerie fait partie du jeu. Je bâillais, les jolies femmes sont bêtes, c'est bien connu. Il n'y aurait d'autre arme que la grossièreté, elle se retourne contre ceux qui s'en servent. Exemple de situation sans issue, on ne s'en sort qu'en ne s'y trouvant pas. L'on fuira, c'est certain, mais tout lesté de sourdes charges de rancune.

À la porte je retrouvais Odile et Philippe, un sillage de compliments s'allongeait derrière eux ; ils avaient un sourire de voyage officiel. Dès la rue, je pris un ton cynique pour exprimer mon soulagement ; je ne rencontrai pas d'échos et sentis même que je choquais. Philippe m'énuméra quelques noms bien trébuchants, Odile ajoutait après chacun : « Il est gentil... » « Mais... », commençai-je, mais quoi ? L'horreur physique que m'avait inspirée cette réunion, je n'en voyais pas la cause. Au nom de quoi me permettais-je de mépriser toutes ces personnes que je ne connaissais pas ? Je n'avais pour tout argument que mon malaise. Et si c'était de l'envie ?

Je reculai, m'humiliai, tentai de rallier l'opposant sur une ligne bien médiocre : « Untel est impardonnablement laid. Et tu as vu le chapeau de sa femme ? » Là, on m'approuva, s'esclaffa. D'amitié retrouvée nous allâmes dîner dans un grill-room. Philippe se plaisait à notre double élégance que trop de foule lui avait masquée. Un de ces soirs-là, c'est aux deux qu'il fit la cour. Un autre jour, j'aurais tenté de mettre son jeu en échec ; je laissai faire. Ils n'étaient pas de mauvaise compagnie. Philippe, bien assis sur la banquette, les yeux gais ; et la peau d'Odile, tant regardée tout à l'heure, demeurait pure. Avaient-ils vu, les autres, ce léger pli de cruauté au coin de la bouche douce ? Je bus et saisis leurs mains à tous deux.

À Pâques nous décidâmes d'aller en Italie. À l'occasion d'un film ou d'un tableau, l'un de nous lança peut-être le germe de ce projet ; mais d'où nous vint l'énergie d'en faire une réalité ? Nous connaissions, il est vrai, peu de monde ; donc peu de regards à voir s'étonner. Et nous n'avions jamais quitté la France. S'occuper des passeports est une entreprise absorbante ; sous l'œil scrutateur des employés, nous prenions l'air innocent ; n'est-il pas dangereux de révéler soudain qu'on existe ? Philippe et moi rivalisions en naturel, un peu honteux de répondre si poliment aux questions qu'on nous jetait. Ces préparatifs occupaient le plus clair de nos pensées ; pour l'Italie, nous n'étions pas très sûrs de la trouver ailleurs que dans l'esprit de quelques snobs ou d'érudits sentimentaux.

Ayant à faire sur la Côte, Philippe partit en voiture deux jours avant nous. Odile et moi prîmes le train pour le rejoindre à Nice, trop attentives à bien voyager pour nous perdre, fût-ce en contemplation. Une partie de la vie se passe en ce souci : imiter. Chacun y met tout lui-même. Odile imitait pour ne pas faire de peine, moi pour montrer que j'en étais capable ; mais, lors de monter dans un train, s'asseoir à un restaurant ou même acheter un journal, c'était toujours moi la plus contrainte.

Au sortir de la gare, cependant, nous nous dévisageâmes, tous trois naïvement surpris : nous ne nous étions jamais vus dans le plein soleil. Ayant mis à profit les deux jours qu'il avait d'avance, Philippe savait déjà où se situaient les choses dont le nom seul nous était connu. Il nous conduisit d'abord sur la Promenade des Anglais. Je me contentai de demi-regards, curieuse de ces lieux banalement célèbres et mécontente, par vanité, de l'être ; j'ignorais que la terre n'est pas comme les humains : jamais déflorée par sa gloire. Le paysage le plus connu du monde demeure intact. Odile n'avait pas mes scrupules, elle applaudissait tout bonnement. Philippe se permettait le rond de bras modeste de celui qui vous offre la vue. Il croyait la posséder pour en avoir fait le tour un jour avant nous.

Puis il fallut songer au départ, vérifier l'état de la voiture. Je découvris un Philippe actif, qui m'intéressait. Odile, disposée à tout ce qu'on voulait, ne se plaisait qu'à l'espace, la mer, le ciel. Pour le reste, elle nous partageait sa confiance ; je m'employais à bien la mériter.

Au-delà d'un poste administratif, le Midi s'appelle Italie ; une idée fait la différence. J'aurais voulu le silence : il n'est pas une terre où l'on ne se dise en arrivant « Enfin j'y suis ! » ; ce plaisir d'avoir été fidèle à un rêve suffit aux premiers jours.

Mais Philippe ne se taisait pas ; il parlait de ses lectures, de la lumière, il indiquait un groupe, une maison. Il ne nous apprenait rien. Agacée, je me serrais contre Odile qui, la tête à la portière, goûtait l'air, yeux presque fermés, bouche mi-close. Odile, qui n'était pas heureuse, s'y connaissait en une chose : le bonheur. Le bonheur n'est à personne, c'est un vent qui passe, selon les heures, les pays. Odile le flairait avant les autres. « C'est la fatigue du voyage », disions-nous devant son petit visage épuisé.

Ce fut Rome. Par la vilenie des autoroutes, nous nous retrouvâmes brusquement dans une ville agitée, bruyante ; et nous eûmes peur de la décevoir. Sans rien regarder, nous tâchâmes de découvrir au plus vite l'hôtel qui nous attendait pour glisser chacun dans un bain.

La beauté des villes se dérobe mieux encore que la beauté des corps ; on ne voit que ce qu'on est. Comme il faut être plein de peur pour reconnaître qu'au fond d'un trop vrai regard, au détour d'une rue, y règne la terreur.

Touristes en terre touristique, trop gauches pour faire confiance à nos désirs, nous fîmes d'abord le tour du Colisée en fiacre, en groupe guidé celui des musées. Les beautés italiennes, en vérité, m'importaient peu. Tandis que Philippe et Odile évoluaient parmi les ruines, je m'asseyais sur les pierres. Odile allait et venait entre les colonnes brisées. Elle avait ce profil dit de médaille, on n'y voit rien de plus lorsqu'il est proche que de loin. Son expression recueillie ne me dupait pas : je la connaissais pour l'avoir observée chez les couturiers ; et cet air d'absence n'était pas nouveau, lui non plus. Ce n'était pas la beauté de Rome qui grisait Odile. Quoi d'autre ? Peut-être, me disais-je, le plaisir de gambader sur deux cents mètres sans que personne ne lui courût après, sans devoirs à remplir, sans même connaître la langue.

Philippe ne songeait qu'à favoriser ses escapades pour m'entraîner dans une autre direction. Sous un portique, près d'un cyprès, il reprenait son numéro de séduction : épithètes vagues, formules convenues, regards en points d'orgue. Quelle pauvreté ! Puis, soudain, je me méprisais de la supporter ; ne voyait-il pas que je ne l'aimais pas, eussé-je autrement montré tant de patience, toléré ce langage adipeux ?

Mais l'air était léger, je redessinais du pied des fragments de mosaïque, sous ma main tiédissait le marbre des tombeaux. À quoi bon juger, ne valait-il pas mieux accorder sa confiance ? J'eus envie de prendre le garçon par les épaules, de le secouer pour qu'il cessât de badiner. Mais l'idée que Philippe n'attendait rien de semblable de ma part me glaçait ; je croyais lui donner l'image d'une fille sceptique et froide, et qu'en cela résidait ma séduction ; les élans du cœur me semblaient enfantins, une mollesse à dissimuler. Mais le vent souleva ses cheveux noirs et je vis le coin de sa joue que gonflait à son insu la jeunesse, notre jeunesse ; je pris sa main, espérant un miracle. Aussitôt il m'étreignit avec une furtive fureur qui me flatta, me déçut ; cela flairait le roman, les émotions clandestines. Fallait-il, lorsqu'il m'embrassait, que ce fût contre quelqu'un et dans la terreur d'être surpris ? Je voyais bien ses raisons, mais il me semblait qu'avec un peu de force on aurait pu les dépasser. Était-ce le calme de cette campagne romaine, sa douce odeur d'arbres mortuaires ? Mon cœur se serra, j'étais défaillante, dans un mélange extrême de tendresse et de mépris. On pouvait aimer, je le savais, déjà l'amour m'habitait, mais pas pour cet homme-là.

Et comme pour achever de me déplaire, il s'éloigna de quelques pas, puis, quand il se fut assuré que nul ne l'avait vu m'embrasser, il releva la tête et jeta aux horizons : « Odile… »

Un après-midi, le car à destination de Tivoli raté, nous nous retrouvâmes errant d'une rue à l'autre, près du château Saint-Ange, vieux quartier où le rose des maisons se réfléchit sur le pavé. Silencieux nous avancions à plusieurs mètres l'un de l'autre, incapables de tout autre projet. Plus chaud qu'à l'ordinaire le soleil nous prenait à la nuque ; animale caresse que ce long frottement de l'échine que le soleil consent de temps à autre à accorder.

Des enfants couraient sur le trottoir ; une femme passa dans un éclat de voix ; occupés des pavés inégaux, nous n'étions pas en humeur de pittoresque, moins encore d'émotion. Je me rapprochai d'Odile, m'accrochai à son bras ; pure fatigue. Tant de sentiments naissent de la fatigue, on ne le sait pas assez. Elle avait mon pas, une moiteur que j'aimais bien. Puis nous regardions au même moment la même chose, je le devinais à la direction de son corps. Et pas un mot, la langue collée par la chaleur.

Philippe suivait derrière, n'aimant ni marcher ni regarder. Devant un bistrot il s'écria d'un ton suraigu qui semblait conclure une longue tirade : « On s'assoit là ! »

La table et les chaises se trouvaient sur le trottoir, à même les passants. On nous servit du vin blanc qui se buvait comme de l'eau et nous grisa. Je nous sentais poisseux, les muscles oisifs ; cela me rappela ces après-midi du dimanche quand, enfant, on se hisse, ceint de parents, vers la table trop haute d'un café en plein air, devant une limonade. Le sentiment d'impuissance avait depuis lors un peu diminué : coudes à la hauteur de la table, on peut fumer, on paie soi-même l'addition. Mais le vide dans la poitrine était toujours là.

Je regardais Odile. Elle bougeait, fermait les paupières, les rouvrait, baissait la tête et je ne voyais plus que sa bouche, tournait le cou et j'apercevais cette ligne merveilleuse qui unit le front au menton par la pommette. Elle voyait que je la voyais, souriait sans affectation, perdait à nouveau son regard.

Un visage est un monde ; je visitais celui d'Odile. Front léger, un œil qui s'enfonce comme on se protège. Et rien ne m'émouvait comme de trouver après le nez enfantin cette bouche fine et sûre.

Quand nous nous levâmes, ce fut elle qui prit mon bras. « Guide-moi », dit-elle en riant. J'en étais à peine capable. Je saisis de l'autre côté le bras de Philippe pour l'écarter d'Odile, demeurer seule à la conduire. Ils ne disaient rien, l'air penaud. Sans doute étaient-ils heureux.

Le temps passa en promenades insatisfaisantes, repas dans des restaurants que nous savions mal choisir, achats timides, journées doucement énervantes que nous rattrapions par de longs sommeils. La date du retour, bien que demeurée vague, se rapprochait. Nous n'en avions pas encore parlé lorsque, un matin, Philippe reçut un télégramme ; on le réclamait à Paris. Odile et moi, qui nous ennuyions cependant assez pour nous laisser effleurer sans déplaisir par l'idée du retour, fûmes brusquement saisies par sa proximité. Nous tâchâmes de dissuader Philippe d'obéir à un rappel que rien probablement ne justifiait. Odile implorait sans argumenter, moi je le dévisageais en riant, plaisantant son asservissement, mais n'allant pas au bout de ma pensée ; il voulait rejoindre Paris comme il avait désiré venir ici : il n'était heureux qu'en mouvement.

Mais nous l'alourdissions, et c'est probablement comme on se secoue qu'il inventa de nous dire : « Pourquoi ne demeurez-vous pas encore ici quelques jours toutes les deux ? » Cela nous fit taire. Plusieurs objections se présentèrent aussitôt à mon esprit, mais sans que je les avoue parce qu'elles étaient motivées par un sentiment dont j'avais honte : la peur. Peur de me trouver seule, ou presque, dans un pays étranger ; peur d'avoir à parlementer avec les hôteliers, les restaurateurs ; peur d'être ridicule aux yeux d'Odile. « Oui, pourquoi pas ? » demandai-je, espérant une protestation. « C'est une bonne idée », dit alors Odile, sans réserve. Et sa simplicité accrut ma honte.

Philippe s'occupa assez bien de nous munir d'argent, de recommandations, d'adresses ; puis déclara qu'il nous laisserait la voiture et rentrerait par avion.

Réunis nous l'avions été par la chaleur, l'inconnu, une commune façon d'aimer les boissons fraîches, de nier, pour des raisons différentes, nos émotions ; mais plusieurs heures avant le départ de Philippe, nous nous sentîmes déjà séparés. Philippe ne songeait qu'à son premier voyage aérien, moi à repasser ce que je savais des exigences d'une automobile. C'était Odile qui montrait de l'audace : « Si on allait à Venise ? » lança-t-elle tandis que nous prenions un dernier café au bar de l'aérogare. Je comptais sur Philippe pour faire le prudent ; mais il s'était désintéressé de notre expédition. « Bonne idée, et vous reviendrez par le Midi ! » Savait-il au juste où est Venise ? Pour moi je nous imaginais déjà la proie des bateliers et du ridicule ; j'étais furieuse, mais j'aurais détesté incarner la raison.

Nous eûmes le plaisir d'observer Philippe à son affaire lorsqu'il fut l'heure de monter à bord du *Constellation*. Imperméable sur le bras, cravate au vent, il eut, pour se retourner à mi-chemin de l'appareil et nous faire signe, un mouvement parfait ; les petites filles ont de la coquetterie cette même science innée.

Avant que l'appareil n'eût pris de la hauteur je me dirigeai vers la sortie de l'aérogare, entraînant Odile. Le soleil était léger, mais les yeux au sol je me sentais bougonnante ; et pour un rien j'eusse gourmandé mon amie. Mais elle batifolait, si insoucieuse de ce que nous allions faire, si fragile dans sa robe pâle, que je me sentis rassurée. Il me faudrait pourvoir à tout ; rien ne donne autant courage.

Le premier soir nous nous couchâmes sans dîner, n'ayant pas le goût d'affronter un restaurant. Et puis nous avions décidé de quitter Rome le lendemain à l'aube. Faire les bagages nous occupa ; j'observai la délicatesse que mettait Odile à empiler ses vêtements en vrac dans des valises de peau. Nous jetâmes mille choses, sans souci de leur valeur ou utilité, pour nous délester.

Les rangements terminés, je vins m'allonger sur le lit d'Odile qui tournoyait encore dans sa chambre. Nous n'avions pas grand-chose à nous dire. Les pensées qui me venaient, je ne tenais pas à les lui communiquer : inquiétude de l'avenir, agacement d'avoir vu la facilité avec laquelle Philippe nous avait quittées. J'émis quelque regret de son départ : « Ce pauvre

Philippe, comme il est dommage qu'il ne soit plus avec nous ; il aimerait tant Venise ! » « Oui, c'est triste », dit Odile, s'immobilisant un instant, la voix grave, mais sans la moindre conviction. Ils n'étaient que deux oiseaux avides de divertissement, d'allées et venues.

Je lançai un regard à Odile qui se penchait vers son lavabo, à moitié nue, un doigt en l'air, pieds joints, pour se laver les dents. Quelle ardeur elle mettait à n'importe quoi ! Ce soir je n'avais plus goût à sa beauté qui m'apparaissait gonflée de bêtise. Je me levai dignement, me retirai. « Dors bien, je te réveillerai demain. » J'avais des choses à faire, une importance ; je m'y raccrochai.

Puis ce fut le voyage. J'aimais conduire, fourrager dans des cartes ; un coude à la portière, demander la route aux indigènes. Qu'on stoppe à la hauteur d'un étranger, et c'est le même petit serrement de cœur : deux filles, va-t-il se moquer de nous ? Mais tant qu'on restait dans la voiture, tout allait bien. C'est lorsque nous déambulions le long des trottoirs, autour des postes d'essence, dans nos robes claires, que commençaient les quolibets. Rien ne m'irritait autant ; je claquais les portières avec autorité, haussais les épaules, relevais le menton, continuais d'avoir l'air d'une très jeune femme ! Que faire ? Je devinais bien qu'il eût fallu discourir, les mains aux hanches, du ton et de la voix d'Anna Magnani. Voilà ce qu'attendaient ces bons garçons ! Je ne connaissais pas l'italien, ce qui n'aurait du reste rien changé puisque je ne savais pas qu'il faut regarder ceux qui vous regardent, et non fixer le sol ou le ciel, les muscles des épaules contractés.

Pour Odile, elle paraissait sourde et aveugle aux mouvements que nous provoquions ; comme, ensuite, nous n'en parlions pas, je ne savais pas si elle s'en était même aperçue. Elle devait, au fond, en être contente, prenant ces manifestations d'intérêt pour la nature des choses.

Nous roulions pendant des heures, parlant de faire étape pour déjeuner, y renonçant parce qu'il était trop tôt, qu'il n'y avait pas de village, que ce restaurant-là était trop plein, celui-ci trop près de la route, puis parce qu'il était trop tard. Alors on s'arrêtait chez un marchand de fruits et de fromages ; nous repartions et mangions sans cesser de rouler. Odile me nourrissait bouchée par bouchée. J'aimais la façon dont elle me faisait confiance lorsque j'étais au volant, ne doutant pas une seconde que j'eusse, en toute occasion, le bon réflexe : si sûre de moi qu'elle ne mettait aucune précaution à divertir mon attention par un geste, une remarque.

Du paysage nous ne parlions pas, mais il pesait sur nous au fur et à mesure des heures. Routes toutes blanches à midi ; de temps à autre je me tournais vers Odile qui me montrait des yeux amenuisés, brûlés ; je déplaçais le rétroviseur pour constater que j'avais le même visage grimaçant et fixe. Plus tard, quand revenaient les ombres, nous nous détendions. Odile remuait sur son siège, passait un bras ou une jambe à la portière, proposait de faire la lecture. Elle me lisait *Les Confessions* de Rousseau ou les *Mémoires d'outre-tombe* de Chateaubriand. D'une voix toute pure qu'on pouvait difficilement prêter à ces messieurs, mais qui servait leur texte, n'en conservant que l'angélisme. C'était du reste la seule chose qui frappât Odile dans ses lectures. « Comme c'est beau », disait-elle après une page qui avait rapporté une rouerie ou analysé le plus traître du cœur humain. Odile ne percevait que la source de ces discours, l'émotion et la hauteur d'où elle jaillit. Et moi qui avais suivi le cours des idées et des phrases, qui avais ri, m'étais ennuyée, j'admirais que son jugement eut le trait d'une flèche. J'acquiesçais, humiliée, projetant de relire le passage pour voir si je pouvais me laisser aussi saintement ravir.

Un jour qu'elle lut dans Chateaubriand : « Les qualités supérieures et les hauteurs du génie ne sont pleurées que des anges », Odile ne remarqua pas la phrase, mais moi je la ruminais. J'avais beau y aspirer, c'était elle, puisqu'elle pleurait sur nous, qui était l'ange.

La nuit venue, nous nous arrêtions plus facilement, à la recherche d'hôtels. Philippe nous avait indiqué, d'après des guides, quelques noms ; et, pour nous, Bologne, Ferrare, Padoue étaient d'abord des noms d'hôtels. Puis, à mieux y réfléchir, des noms de bataille, incapables l'une comme l'autre d'échanger des idées de baptistère ou de musées à visiter. En sécurité dans une chambre, la curiosité renaissait sous une forme discrète : « On va marcher », disais-je à Odile. « Si tu veux », répondait-elle, s'enveloppant d'un châle. Nous passions, raides, devant le portier, persuadées qu'il supputait notre incapacité à nous diriger, ce qui interdisait de lui demander conseil. Dehors nous nous jetions du premier côté qui s'offrait.

Cela nous amenait à des ruelles sans issue ou qui débouchaient brusquement sur une place, les rives d'un fleuve. Nous estimions l'espace, les volumes. Soudain une impression d'aisance, on respirait mieux. « Regarde, disait Odile, comme c'est beau. » Nous le découvrions l'une pour l'autre, ne sachant pas au juste si notre bonheur tenait au charme de l'heure, à notre imagination ou à la qualité de ces lieux peut-être universellement célèbres. Nous partirions le lendemain sans l'avoir su.

Cette indifférence était plutôt de la timidité. À qui demander ? De l'humilité, aussi : les dates, les noms ne nous auraient rien dit. L'époque de l'école et des leçons n'était pas encore si éloignée pour que nous ne redoutions pas son retour. Le soleil, la vitesse, de grands verres d'eau glacée, l'odeur de la mer, voilà toute la volupté que nous demandions à la terre. Il y faut la campagne ; dans les villes, il n'y avait pour nous de possible que les hôtels et les cinémas. Au bout de trois quarts d'heure, la promenade nous ayant paru d'une longueur raisonnable, nous nous accordions la permission de rentrer.

Retour à vive allure, dans les bâillements et plus un mot sur les décors. Un vaste lit nous attendait, avec un édredon. Nous nous coulions dessous l'une après l'autre. « Tu veux ce côté ? Tu veux lire ? On éteint ? » Cela partait du fond du cœur, persuadées que nous étions de nous gêner mutuellement. Dans l'obscurité, je m'étendais de tout mon long, explorant l'espace qui m'était dévolu, décidée à m'y cantonner. Mais je m'agitais malgré moi et parfois je sentais contre mon bras sa chaleur. Je n'en pensais rien, mais m'endormais paisiblement.

Qu'on aurait pu se rapprocher, s'étreindre, nous ne le savions pas ; aucune n'eut l'idée de l'inventer. Comme on a raison de parler de « connaissance du Bien et du Mal » : il faut savoir que les choses existent avant de discuter si l'on s'y livrera. Précédant cette science s'allonge, hélas, une ignorance désolée.

Nous arrivâmes à Venise un matin. Nous aimions les monts et les vaux, et la platitude avant-coureuse de la lagune nous avait inquiétées. Cette côte un peu malsaine, voilà qui nous convenait mal, nous ne savions plus que nous dire. Puis il fallut laisser la voiture dans un garage ; l'épisode nous ragaillardit : Venise n'était pas tout à fait la sultane allongée à guetter, tout yeux, tout ironie, nos impairs. Il était nécessaire de nous remuer, faire preuve de bon sens. La voiture garée, nous consultâmes pour un hôtel. Un des nombreux portiers, postés là pour happer le client, se saisit de nous plutôt que nous ne le choisîmes ; puis nous chargea, avec beaucoup de mots, dans une gondole.

Odile me sourit, tâta les cuivres, les tapis de l'embarcation : ce cossu lui plaisait ; elle ne bougea plus. Je voyais le décor défiler derrière son profil. Odeur doucement décomposée. Moi aussi j'étais engourdie. Cette paralysie trahissait sans doute mon sentiment profond : j'étais heureuse d'être là, et en même temps il me semblait que c'était malgré moi, je n'étais pas encore prête pour cette beauté, peut-être avais-je tort de me rendre si jeune à Venise. Rien, pourtant, ne me réclamait ailleurs.

Mais je me ressaisis. À Venise, avais-je pensé, on doit étouffer sous les souvenirs d'autrui, or dans la fraîcheur du matin cette ville m'apparaissait comme neuve. Un peuple envolé avait bien usé les coins des murs, les marches et les pavés ; mais la coquille aujourd'hui semblait vide. Rien ne me vivifie comme l'idée d'une tranquillité à rompre ; qu'un lieu soit désert, aussitôt je crois percevoir un appel ; escalader les escaliers, traverser les ponts, marcher sur les crêtes des murs, autant de tâches qui sans cesse se présentent à moi, auxquelles il faut d'ordinaire se dérober. Mais ici ? Je regardais Odile : « Il y a, me dit-elle, une plage qui s'appelle le Lido. » Elle aussi, comme moi, avait faim de vent, d'espace.

On nous introduisit dans une très grande chambre, sombre, le plafond haut, avec de curieux meubles autour desquels nous tournâmes sans oser les toucher. Un balcon ouvrait sur l'eau ; après l'obscurité de la chambre, cet éclat. Sans l'odeur verte et mouillée je n'aurais pas cru que ce fût vrai ; elle me prenait à la gorge, comme l'idée d'être tendre avec un inconnu. « Ça te plaît ? » dis-je à Odile.

Je la laissai m'entraîner. Depuis plusieurs jours que nous ne nous quittions plus d'un instant, nos rapports avaient changé. Je la regardais moins, je ne lui parlais presque plus, mais j'avais besoin de sa présence. Je ne serais pas entrée dans un magasin ou dans la mer sans elle. Elle ne me demandait plus la permission de m'emprunter une robe ou mon peigne ; rien ne rend aussi heureuse que de voir une personne incapable d'une indélicatesse se saisir brusquement d'un objet qui vous appartient.

Dans la rue, quand l'intérêt des passants s'accrochait à l'une plutôt qu'à l'autre d'entre nous, cela me paraissait incongru ; n'était-il pas évident que nous n'étions pas séparables ? Je tentais de nous voir de l'œil des autres : deux jeunes femmes en voyage, sans leurs maris, en Italie. Pour moi, Odile était Odile, rien d'autre ; quand son regard s'assombrissait, je ne pensais pas que ce pût être de solitude. Je ne lui prêtais aucuns besoins.

La première journée nous ne fîmes que marcher, repassant par les mêmes endroits ou croyant les reconnaître, décidées à nous arrêter à la prochaine rue, y renonçant pour continuer encore. En longeant une poste, je me rappelai que Philippe avait promis de nous écrire et nous nous fîmes un devoir d'aller interroger l'employé de la Poste centrale. La lettre était adressée à Odile. « Lis-la », me dit-elle. Je parcourus l'écriture rapide. « Il va bien ; tu manques aux enfants. » « Pauvres anges », dit Odile avec son sourire intérieur. Puis elle n'ajouta rien ; elle savait que l'absence est un mal irréparable, toutes les phrases dont on veut l'excuser sonnent faux. Ne sachant que faire de la lettre, je la jetai.

Le soir nous choisîmes un restaurant en plein air qu'éclairaient difficilement quelques lampes. Odile voulut boire du vin, rare exigence ; bientôt je la sentis s'amollir. J'étais moi-même assez ivre, et alors que je désirais l'écouter je ne parvenais pas à me taire. C'était la première fois que nous avions une conversation, que nous tentions de nous découvrir. Odile me raconta un peu son enfance ; je n'aime pas l'enfance des autres, petite existence étriquée à laquelle ils n'ont rien compris, qu'ils vous tendent d'un air piteux pour qu'on la leur explique. Je souris alors poliment ; loin de les rassurer, je déclare la chose effroyable, la mienne oubliée, et passe outre. Puis elle me parla de sa rencontre avec Philippe ; je l'y poussai par quelques questions, m'apercevant à mesure combien ces images qu'elle m'imposait en vrac m'écrasaient, rendant vaines et stupides les idées que je m'étais péniblement faites de leur vie commune.

Voilà où mènent les questions, les autres aussitôt vous répondent ; et ces images grossières
qu'ils vous donnent d'eux-mêmes, il faut tant de
temps, ensuite, pour les oublier, les réduire. Je
préférais surprendre, deviner, rêver sur un mot.

Et puis je ne la croyais pas. Qu'elle me racon-
tât les premiers empressements de Philippe, ses
attentions de jeune époux, qu'elle épelât (du
reste, quel curieux désir de m'informer ?) mille
preuves d'un amour excessif, elle ne me
convainquait pas. Il s'agissait cependant d'une
histoire dont je n'avais pas été témoin ; mais ce
que j'avais perçu, appris, sans même y songer,
des actuels rapports de Philippe et d'Odile, m'en
avait rendue sûre : jamais leur amour n'avait été
de la passion. Ils se mentaient, ils mentaient. Et
après ? Que m'importait ? Voilà bien mon illo-
gisme, pensais-je ; il m'arrivait souvent de
mentir, or cette petite faille-là, s'abuser sur ses
propres sentiments, me paraissait plus dange-
reuse que tous les malheurs et la cruauté du
monde.

Face à moi, son verre à la main, je voyais
Odile diminuer. Éternels jeux d'optique du
cœur : comme je n'avais pas le courage de la
démentir en face, je m'écartais d'elle. Ôter ses
illusions à quelqu'un est une forme de courage
que j'ai rarement, elle engage trop puisqu'il faut
ensuite s'occuper de leur désarroi. Les gens

enfin savent toujours tout d'eux-mêmes ; si elle brandissait l'amour de Philippe, c'était peut-être qu'elle éprouvait le besoin de cette protection contre le vrai. Je me ressaisis, nous secouai ; il fallait rentrer.

Dehors je m'étonnai de retrouver Venise ; mon irritation m'en avait exilée. Ses pavés nous imposèrent son pas, je pris Odile par la taille ; elle m'agaça, je la répudiai pour la ressaisir à nouveau. Remarquait-elle ces inégalités ? Son humeur à mon égard demeurait invariable. « Niaiserie », me disais-je, puis je m'en voulais d'être fausse et qu'on ne s'en aperçût pas.

Sur notre balcon, en chemise, nous nous tenions chaud ; mille embarcations se laissaient vivre sur la lagune ; rien n'en débarquait pour nous. « C'est joli », dit Odile. Joli, mot prudent, inutile, qui revenait bien souvent sur ses lèvres. Je le regardais flotter entre nous, distiller son stupide arôme sans songer qu'il faut écraser certains mots sur les lèvres qui les prononcent. Encombrées de sommeil, nous sautâmes d'un même geste vers notre même lit.

Le lendemain nous partîmes pour le Lido. Il fallait embarquer sur une vedette en direction de l'île. Le temps était si frais qu'il se trouvait peu de monde pour aller affronter l'eau du large. De blancs oiseaux – pigeons ? mouettes ? – se mêlaient aux taches de lumière, à la blancheur du bateau. On ne pouvait croire qu'il y eût des gens pour qui ce paysage argenté fût le cadre de tous les jours ; la mine de nos compagnons, complets-vestons, serviettes de cuir, l'affirmait étrangement. Nous nous installâmes en proue, penchées vers l'écume.

Voir l'étrave fendre la mer et celle-ci se replier à mesure, sentir sous le bois de la coque vibrer le faible moteur, tout ce qui court, fuit, s'envole ou violente nous attirait ; nous renversions la tête comme au passage d'un avion lorsque nous avions douze ans.

Derrière nous Venise se regroupait ; nous regardions aussi de son côté, mais sans sembler y prêter plus d'attention qu'au reste. Odile et moi avions si faim de beauté qu'après un seul regard avide nous nous détournions, repues.

En revanche, nous trouvions des mots pour nous signaler une bouée, le saut d'un poisson, la vilaine robe d'une vilaine femme.

Le bateau contourna l'île, longea les murs de jardins d'où la verdure jaillissait à son gré. Ces bizarres jardins un peu en friche, tout clos, semblaient appartenir à la vieille province française plutôt qu'à l'Adriatique. Ils faisaient également rêver Odile : est-ce parce qu'ils rappelaient ces parcs abandonnés des livres d'enfants où l'on s'est convaincu une fois pour toutes que gît le bonheur ? Dès qu'on a envie d'être heureux, c'est en eux qu'on songe à s'enfoncer, et voilà qu'ils existaient en dehors et sans nous.

Le bateau continua, joignit son port et nous nous retrouvâmes dans une large avenue plantée d'arbres et de magasins, semblable à toutes ces avenues de la mer qu'engendrent les stations balnéaires. Au bout se voyait la jetée, la plage, de vraies vagues et un horizon brumeux au fond duquel j'affirmais à Odile que se situait la Grèce.

Nous ôtâmes tout de suite nos chaussures pour sentir le sable et sa tendre résistance. Odile avançait devant moi sur cette plage interminable, à la frontière de l'eau, jouant à se retirer dès qu'approchait la vague. « Elle n'est pas froide », me criait-elle ; l'eau qu'on désire n'est jamais froide.

Au bout d'un kilomètre, il n'y eut plus personne ; derrière notre dos s'étageaient de grandes bâtisses, vides en cette morte saison.

En quelques instants nous fûmes en maillot, puis dans la mer. J'aimais pénétrer dans l'eau jusqu'aux genoux, puis me laisser tomber, le corps mou, comme on s'évanouit ; la mer me recueillait tel un berceau, et, doucement, le visage enfoncé en elle, je me mettais à ramer des jambes et des bras, repoussant jusqu'aux limites de l'étouffement le moment d'écarter ma tête de son sein, de respirer à nouveau. À mon côté Odile nageait vigoureusement. Nous continuâmes en droite ligne vers le large, nous guettant de l'œil à chaque respiration ; puis, à bout de souffle, je m'arrêtai, elle vint tout près de moi, le visage bleui, souriant.

L'effort, le froid lui donnaient une expression inconnue d'animal en souffrance ; je lui souris aussi, convaincue d'offrir le même inquiétant visage, inclinai ma tête et la posai sur l'oreiller de cette mer toute perfide, qui guette la défaillance pour devenir mortelle. Qu'aime-t-on en cette ennemie ?

De retour sur la plage, nous nous frictionnâmes avec nos vêtements, puis nous livrâmes à des assauts d'acrobaties, de bonds. Nos corps redécouvraient des mouvements oubliés tels la roue, le pont et occupaient un espace plus large, celui pour lequel les corps sont vraiment faits. Rhabillées, les cheveux essorés, nous avions encore un peu froid. Prenant nos vestes pour couverture, nous nous blottîmes l'une contre l'autre dans un creux de sable. Odile sortit de sa poche un livre de poèmes et commença à lire à haute voix. Rien de plus naturel chez elle, de moins collégien que lire des vers dans un cadre qui s'y prêtait trop. Transie, je l'écoutai bien sérieusement. La poésie était comme la beauté, normale, il n'y avait rien à en penser, rien en elle de solennel ou de sacré. Les mots coulaient comme coulait le sable entre mes doigts. Le bras, le coude d'Odile m'entraient dans le corps, j'étais mal et j'étais bien ; cela aussi me semblait naturel. Ce qu'il y eut d'étonnant vint un peu plus tard : nous eûmes faim.

Nous revînmes au soir, par une autre vedette qui faisait un tour à travers la lagune, accostant des îles et des quartiers industriels. Nous nous étions assises sur une banquette un peu abritée, à l'avant. Face à nous se trouvaient deux jeunes garçons italiens, souples et beaux, l'air d'apprentis probablement verriers. Ils parlaient d'une grosse voix rauque et muante ; puis ils se turent. L'un d'eux passa son bras autour du cou de son ami et, cherchant plus d'aise, posa sa jambe en travers des genoux de l'autre avec tant de simplicité que personne des voyageurs ne parut y prendre garde. En mon cœur quelque chose se serra ; je ne sais quoi : mélancolie, jalousie ? Qu'étions-nous pour ces deux garçons ? Deux dames touristes qui se rafraîchissaient avant de replonger dans un monde sordide ? Eux connaissaient les domaines où l'amour est pauvreté et enfance, les seuls jamais dignes d'être habités. Je ne me dis pas tout à fait ces choses, mais lorsque le large regard indifférent d'un des jeunes gens croisa le mien, je me sentis lourde et exilée ; je baissai la tête comme si c'était moi qui me tenais mal. Ils descendirent le front haut, quelques stations avant nous.

Je me levai, entraînai Odile contre le bastingage et la nuit. Les lumières recommençaient à dessiner Venise que le crépuscule avait un moment effacée. Ville étrangère que nous reconnaissions à peine, et pourtant nous nous rapprochions de son cœur avec sécurité : là-bas, une chambre nous attendait, des restaurants, tout un réseau de téléphone, télégraphe, routes, tendu comme un indestructible filin entre nous et Paris, le port. Tout était tracé, il suffisait de lire les guides et les indicateurs.

Odile m'abandonnait ses épaules ; j'eus peur de cette vie grasse.

Les jours passèrent comme un seul, c'est-à-dire sans nouveauté. (Le Dieu de la Bible nous l'apprend : c'est la Création qui fait tomber les jours ; ainsi devrions-nous calculer chacune de nos années en années qui n'ont eu que trois jours, ou qui n'en eurent aucun.) Nous avions pris quelques habitudes, repéré des itinéraires, acquis des connaissances parmi les restaurateurs ; voilà ce qui nous rendait tranquilles. Et puis nous étions en récréation, sûres qu'il n'y en avait plus pour longtemps. Philippe avait envoyé deux lettres qui en laissaient prévoir une troisième, comminatoire. On pensait pour nous, c'était parfait.

Nous allions parfois au café Florian ou dans les deux ou trois endroits de Venise où l'on se dévisage. Après une journée de flânerie, un bain, une toilette approfondie, nous nous vêtions avec soin. J'aime les robes, leur texture, leur indifférence sauvage au corps qui les porte ; je redoute ce qu'elles entraînent et que je connais bien, le besoin d'être regardée.

En accord avec la lumière, l'état de notre teint, de nos cheveux, Odile et moi choisissions une toilette, des ornements, puis étant satisfaites, l'une ou l'autre proposait une sortie. C'était pourtant sans intention que nous nous étions habillées, pour le seul jeu de composer et d'assortir ; mais l'ouvrage achevé réclamait des applaudissements.

Un jour que nous pénétrions, ainsi parées, dans un des cafés de la place Saint-Marc, nous fûmes brusquement hélées par l'éditeur Elzar et sa femme. Nous les connaissions à peine.

Je m'assis près d'Elzar, lequel se présumait assez bel homme. Il était de ces gens qui ont une idée sur leur physique, cela se voyait, il ne pensait qu'à ce qu'il était sans pouvoir en décider par lui-même et se cherchant des juges, un public... Il nous avait rencontrées dans des cocktails, il nous retrouvait à Venise, complaisantes, fardées. Il n'eut pas d'hésitation sur la conduite à tenir : nous annexer ! Fusèrent les questions concernant la durée de notre séjour, l'hôtel où nous résidions – qu'il crut d'un choix subtil parce qu'il était ordinaire –, les sites et les tableaux que nous avions vus.

Sur ce chapitre, nous étions assez piteuses. « Comment, disait Elzar, je ne parle pas bien entendu des Titien, ici ils ne valent rien, mais vous n'avez pas vu... » – et il énumérait quelques ouvrages d'artistes peu connus. L'idée qu'on pût ainsi se flatter de les connaître m'en écartait à tout jamais. Mais Odile posait des questions, de la voix anxieuse qu'elle eut pris si Elzar lui avait annoncé la maladie du fils de la tante d'un cousin – par pure bonté d'âme !

Lui, prenant appui sur cet intérêt, persistait : « Demain nous réparerons ça, je vous emmènerai, vous verrez... »

Étrange vanité qu'ont tant de gens : ils ne songent pas que dans la mesure même où ils nous font valoir quelque chose – fût-ce la mer – on ne tient plus à ce spectacle !

L'ignorer, c'est méconnaître une loi du cœur : on entend découvrir librement la beauté du monde, et non qu'elle nous soit fournie par quelqu'un d'autre. En écoutant Elzar, je pouvais cependant me féliciter d'une chose : qu'il ne proférât rien qui vaille. Venant de lui, j'eusse dédaigné une merveille – n'aimais-je pas certaines idées uniquement à cause de ceux d'où elles me venaient ? D'où l'inverse...

On voulut nous emmener dîner, dans le restaurant le plus cher de la ville. Nous étions passées plusieurs fois, Odile et moi, devant son clinquant et ses valets, peu tentées d'y pénétrer. Elzar, comme nous nous y rendions, s'excusa à l'avance de la médiocrité des mets, du peu de qualité des vins, s'inquiétant de savoir si nous nous en contenterions. D'ordinaire, nous prenions nos repas dans le premier bistrot venu, et qui plus est par goût ; comment l'avouer sans que cela parût coquetterie ? Je tentai cependant de balbutier quelque chose de cet ordre ; devant son incompréhension j'y renonçai et lui promis que le dîner aurait notre indulgence.

Je me rapprochai de Mme Elzar ; c'était une personne d'une quarantaine d'années, aux yeux tristes, au regard implorant ; et ce regard qui demandait on ne sait quoi, peut-être qu'on la ménageât, contrastait avec sa voix nette, sèche et catégorique. Je demeurai un instant désorientée, puis trouvai un accommodement : pour plaire aux yeux j'abondais, quoi qu'elle dît, dans son sens, mais pour ennuyer la voix j'en prenais moi-même une toute douce, toute tendre, comme s'il n'y avait d'autre problème au monde que s'étendre sur le délicieux édredon de la vie. Cette mansuétude est parfois la pire des perfidies.

Tout en acquiesçant du côté de Mme Elzar, je surveillais Odile et Elzar. Odile avait ce don :

laisser croire qu'on l'étonnait ; Elzar, qui avait commencé par les compliments et les conseils, en arrivait peu à peu à son vrai sujet : lui-même. Il se plaignait de son travail, de ses tracas, de sa solitude d'éditeur toujours critiqué, jamais secondé, encore moins compris. « Comme c'est triste », disait Odile avec douceur. Ce n'était pas tout à fait cela qu'attendait l'homme, il ne voulait pas être plaint, mais admiré, aimé au besoin. Voyant mon regard que la réflexion rendait considéré, ce fut à moi qu'il adressa la fin de son discours. Or les malheurs d'un éditeur ou de toute espèce d'entrepreneur me laissaient froide. Les miens, pensai-je, les valaient bien. Eût-il pris sur lui de nous demander, à Odile et à moi, de quoi nous étions tristes ou contentes, je l'eusse plus estimé que s'il eût géré le monde. Mais, dans ma position de jolie personne, comment lui faire saisir que, pour moi, ne comptait que le caractère ? Je l'écoutai sans rien objecter, le vin n'était pas mauvais, et puis je ne savais pas manier l'ironie. Il nous demandait d'où venaient nos robes ? Nos robes justement étaient là pour qu'on les remarquât ; comme lui nous étions des m'as-tu vu, donc en tort.

Il y eut de la musique et Elzar voulut danser : avec Odile, puis avec sa femme, puis avec moi ; cela pouvait être gentil, la componction qu'il y mit m'exaspéra.

Certains hommes, par la façon dont ils vous enlacent, vous offrent une chaise, une cigarette, s'emparent des additions, donnent le sentiment que ces gestes de protection qu'ils se permettent à votre égard sont un droit ; comme s'ils ne sentaient pas qu'accepter de se laisser ramasser un mouchoir est déjà une faveur. Dans les bras d'Elzar, subtilement parfumé au vétiver, et qui hissait un peu la tête hors de son col pour appuyer franchement sa joue contre la mienne, je songeai que c'était un homme prêt, si j'y mettais quelque soin, à me fournir largement en fleurs et en robes, en appuis aussi. C'est une chose toujours déroutante que l'idée de trouver du travail, ou plusieurs billets de mille, soit liée à une succession de démarches, de labeurs, d'empoignades, d'angoisses et d'échecs ; alors qu'une heure après ce même sourire ironique qui vous a fait vider des officines peut vous ouvrir la voie du luxe et de la facilité.

Il suffisait en effet de si peu de choses, de quelques oui bien placés, pour s'obtenir une existence toute douce, apprivoisée, sûre et chaude, sans même renoncer à sa liberté. Je regardai Odile ; elle semblait céder bien plus vite que moi à la fascination du parleur, mais en réalité elle ne connaissait rien à ce qui était mon vertige.

Rien à cette horreur : ne pas savoir, devant la cour qu'on vous fait, quelle sera la méthode la plus énergique pour la faire cesser : s'enfuir ou céder ? Mais céder est aussi une fuite. C'est pourquoi, dès qu'on me fait la cour, je me sens déjà prédisposée à la fuite ! Seulement je tergiverse, je crois toujours possible de mettre du mépris dans une façon d'embrasser, ou une soudaineté dans l'acceptation qui signifie : « Pour moi, cela ne compte pas, pas avec vous ; cela ne vaut même pas la peine de refuser ! » Or c'est moi que je trompe, les autres ne prennent que ce qui les flatte. La rage, ensuite, vient trop tard.

Ces pensées qui me venaient dans les bras d'Elzar, les perçut-il ? Il était très tard, sous les lumières tamisées on ne se voyait presque plus ; je parlai de rentrer. Elzar approuva, fit signe qu'on lui portât d'abord des cigarettes puis l'addition. J'avais le cœur gros, le désir d'être déjà dehors ; je regardai le jeune garçon qui présentait le paquet demandé comme s'il venait d'un autre monde, d'un monde frais. Il avait ce visage déjà triste qui me rappelait, malgré son âge, certains acteurs français – Larquey ? Baquet ? – battus mais toujours dans l'expectative qu'il pût en aller autrement. Généralement les êtres se résignent, s'aigrissent, se révoltent : ils ne demeurent pas confiants.

Or ce que cet Italien attendait de tout son cœur n'était rien d'autre qu'un pourboire. Elzar, par une distraction qui le révélait peut-être, ne lui donna que le prix net du paquet. Le visage du garçon ne marqua pas un frémissement ; mais, pour moi qui m'étais perdue en sa physionomie, je crus voir battre un animal ou un enfant, et recevoir moi-même le coup.

Déjà, le paquet ouvert, Elzar s'était tourné vers moi, souriant d'un air de connivence où la fatuité, encouragée peut-être par la fixité que me donnait la stupeur, faisait tache d'huile. Une colère affreuse contre moi, contre lui, me saisit au ventre : que croyait-il ? Que nous étions en partie fine ? Je voulus me lever, les plaquer là ; je me contentai d'ouvrir mon sac, de saisir un billet de mille lires, de m'y cramponner. Quand nous passâmes devant le vestiaire, le garçon nous aida à mettre nos manteaux ; je lui tendis le billet. Il leva la tête, mon regard dut détromper ses imaginations. Il ne m'était pas sympathique, non qu'il fût humble, mais sur le point de le devenir, par sensiblerie. Je sentis mes traits se durcir encore ; il ouvrit la bouche, puis la referma d'un mouvement sec, inattendu.

Le lendemain, Elzar téléphona ; nous fîmes dire par le concierge que nous avions regagné Paris. Odile était d'accord. Je l'entraînai vers les plages du large, nous nageâmes longtemps. Pourquoi me fallait-il toujours aller au bout de ce que je savais ? Pourquoi ce besoin d'éprouver ce qui m'était déjà connu et haïssable ?

L'arrachement nous coûta peu ; nous n'avions rien vu ou presque de Venise et nous nous étions lassées de recommencer tous les jours, pour aller d'une chambre d'hôtel à une plage ou un restaurant, ces gestes uniformes, courtois, de visiteurs décidés à laisser les choses inchangées.

Nous avions aussi trop peu à nous dire ; l'intimité ne nous avait pas rendues plus souples sur le chapitre des confidences. Je ne voulais pas jouer la comédie à Odile comme je le faisais si facilement avec tant d'autres pour meubler le temps. Quant à la vérité, je la connaissais trop mal pour lui en parler ; dès que je me mettais à tâtonner à sa recherche, tentant de confier mes dégoûts, mes désirs, je perdais pied.

Odile me regardait tristement, prenait de la distance : qu'avais-je à balbutier sans pouvoir déclarer quelle sorte de meubles avait ma préférence, par quel voyage j'étais tentée ? J'avais que les problèmes, me semblait-il, ne se posaient pas ainsi. Mais comment se posaient-ils, et comment l'exprimer ? J'en voulais à Odile de ne pas deviner que ma maladresse valait mieux que d'apparentes clartés d'esprit, que l'aplomb d'un Philippe.

Pour passer mon irritation, je l'emmenai à la recherche d'endroits bien déserts, sur des dunes, des terrains vagues. Nous sautions, courions, cueillions des branches et ramassions des cailloux, meilleures aux jeux qu'à la conversation ; nous nous accordions plus justement dans le silence qu'à travers ce langage fabriqué par d'autres. Pourtant c'est en nous taisant que nous laissions régner les paroles que nous n'aimions pas – celles qui risquent de ronger jusqu'à l'âme.

Un beau matin, nous nous retrouvâmes dans la voiture, heureuses de n'être plus en vacances. À nouveau nous avions une entreprise – ne fût-ce qu'un voyage – à mener. Tout de suite les faubourgs, puis une vilaine plaine. Odile se retourna pour regarder les aiguilles des clochers. Lorsqu'on quitte une résidence, il y a mille choses à exprimer qui signifient « Adieu, moi-même ». On laisse de soi en effet à tous les coins de la terre et, contrairement à ce qu'on croit, ce sont les lieux qu'on emporte ; l'on est ainsi tout pétri de pierres et de paysages.

Le retour se fit à vive allure. Nous roulions l'entière journée, nous refusant à tout écart. Rien n'attendait cependant à Paris qui valût cette hâte. Pourquoi ne pas nous arrêter au bord des lacs ? Savourer les subtils passages d'un pays à un autre ? À vrai dire, j'en avais assez d'Odile ; ou plutôt d'être avec quelqu'un auquel je ne me livrais pas. Lorsque je lui demandais si elle avait faim ou froid, quand je songeais à lui prendre des

mains une valise, ou à ne pas accaparer la salle
de bains, j'avais le sentiment d'être polie. Voilà
ce qu'on ne perçoit qu'auprès de ceux qu'on
refuse, sinon, que signifie la politesse ? Chaque
geste, fût-ce de passer le premier par une porte,
est acte d'amour, d'hostilité, question, réponse,
on sent tout contre soi l'intime conscience de
l'autre : contentement, déplaisir ? On ne sait
plus, on est là, présent, suffoqué de l'être.

Or, si nous nous arrêtions au bord de la route
pour respirer, ou déjeuner, le dos dans l'herbe,
Odile contre moi, je me sentais frémir d'impatience. Et cette impatience se conduisait en
sauvage, elle voyait des buts partout, sauf en Odile.

Ce fut la France et ses routes qui vous aspi-
rent. Excitation de retrouver les choses à leur
place, Auxerre après Lyon, Fontainebleau après
Auxerre. Odile suivait du doigt sur la carte,
prononçant les noms de villes comme elle eût fait
des plats d'un menu. Quand tout fut consommé
et que se levèrent les gris couloirs de la banlieue,
notre satisfaction tomba. À nouveau les feux, les
agents, il nous fallait obéir ; les mille dangers,
incidents que nous avions frôlés, surmontés, qui
s'en souciait ? On se plaint des malheurs, il faut
savoir qu'ils distraient et occupent.

Je déposai Odile à sa porte, l'aidai à monter
ses valises. Nous étions en avance sur l'horaire
annoncé, chez elle il ne se trouvait personne.

« Reste un peu », m'offrit-elle. Je lui parlai de bain, de bagages à défaire. Depuis un moment j'avais l'impression que quelque chose m'attendait, mais attendait pour se montrer que je fusse seule. Sur le pas de la porte je la regardai comme je ne l'avais plus fait depuis longtemps. L'espace allait me la dérober, que perdais-je ? Hélas, voilà bien les humains : des vêtements, une peau, des yeux, des cheveux – des objets, en somme.

Je m'en étais empli l'esprit sans rien déchiffrer de ce rébus. L'escalier m'engloutit.

En bas l'on m'attendait, c'est exact. Je reçus un grand souffle au visage, une main me saisit le cœur. Mais je ne vis rien.

II

Le temps était devenu plus frais ; mon appartement me parut tout feutré. Je retrouvai dans mon placard des robes de laine, bien coupées, que j'enfilais timidement : après tant de soleil et de campagne, je me sentais rude pour une certaine finesse dans la mise et la tenue. Un rendez-vous chez le coiffeur, l'achat de linge et de bas, puis ce sentiment disparut.

Je me rendis aux différents bureaux où l'on m'employait à des travaux de traduction et de journalisme ; on me reçut sans surprise, levant sur moi un de ces regards dont j'avais oublié la brièveté ; ils ne servent pas à vous examiner, mais à vérifier votre identité. Je voulus plaisanter, prendre un peu de haut cette vie d'écureuil en cage qu'il fallait réintégrer, la futilité des travaux en cours. L'air glacial dont me considéra quelqu'un dont je dépendais me remit dans le ton ; l'on a toujours tort de mêler le dédain au travail, quel qu'il soit, je le savais pourtant. Je me repris, réfléchis sans sourire à ce qu'on me demandait, trouvai des solutions. À nouveau les voix devinrent plus cordiales.

Puis j'allai voir ma famille ; lorsqu'on revient de voyage, après la rencontre de tant d'étrangers, c'est la même conviction qui nous anime : il n'y a que nos parents, ces familiers, qui nous soient vraiment proches ; et l'on court chez eux dans l'espérance que cette fois-là tout va se passer autrement.

Hélas, ce sont à chaque retour les espoirs et les déceptions de l'ethnologue. On arrive les bras chargés de cadeaux, les cadeaux sont un dû ; on vous en remercie, mais comme pour vous faire plaisir ; on pousse quelques cris, mais c'est surtout pour remarquer que la pointure n'est pas la bonne, que les couleurs sont un peu passées. On tente alors de raconter d'où l'on vient ; avec surprise on s'entend, soi d'habitude si modeste, faire un tableau vertigineux des beautés et des périls rencontrés. On vous écoute avec attention en poussant des grognements de surprise, d'inquiétude ; pas un n'est sincère. On ne croit pas un mot de ce que vous dites, tant tous sont persuadés qu'un lieu du monde où l'on ne vit pas comme eux ne saurait exister. Alors vous insistez, décrivez une seconde fois le Grand Canal, et soudain, dans un surgissement, vous apprenez que c'est là, il y a de nombreuses années, que la tante Léocadie a rencontré un jeune homme qui faillit devenir son époux – on a encore les photos !

En partant j'embrassai tendrement ma mère et mon père ; ils étaient en bonne santé.

Puis j'allai voir des amis proches ; à chaque rendez-vous je me rendais chez eux avec entrain. Polissant d'avance mes phrases comme si je n'avais accompli ce voyage que pour le leur raconter. Comparant leurs vacances aux miennes, ils montrèrent de l'intérêt ; mais, à mesure que je relatais tel ou tel épisode de mon séjour, il me semblait que la vérité s'échappait.

Odile et moi, ces jeunes femmes qui se connaissaient assez pour se supporter sans problème quelques semaines en villégiature, était-ce vraiment ce que j'avais vécu ? Au fur et à mesure que je détaillais le tableau, je le reniais : en moi surgissaient d'autres images, muettes et douces, les vraies.

Celles-là je ne voulais pas les évoquer, ni devant mes amis ni en ce moment, mais je savais qu'elles allaient demeurer à portée de ma mémoire. Indéfiniment.

Un matin je me réveillai et ne me levai pas. Je ne souffrais pas, je voyais s'étendre devant moi une plaisante journée toute incrustée d'occupations variées ; pourtant, à aucun moment de cette journée rien ne pouvait m'arriver, j'en avais la certitude ; j'étais vacante de moi-même.

Je songeai encore aux rendez-vous de ce jour-là, puis je saisis le téléphone et, prétextant maladie ou urgence, je les décommandai tous les uns après les autres. À nouveau la vie fut devant moi comme je l'aimais, vide, béante et pourtant gonflée de promesses et de liberté. Je ne pensai pas tout de suite à Philippe et Odile ; et même, lorsque l'idée de les voir m'effleura, elle ne me tenta pas ; je croyais deviner à l'avance ce qu'ils allaient me dire, comment j'allais les trouver, comme peu de chose me viendrait d'eux.

Sans me dire non plus que je ne les verrais pas, je flânai l'entière journée, fis minutieusement des achats inutiles, déjeunai seule avec un journal ; fière de mon indépendance, de mon calme. L'ankylose du matin avait disparu, et l'angoisse qui l'accompagnait. Dans ma tête, mille petites réflexions sur la vie, la servitude où se laissent couler tant de gens, les tristesses. Philippe et Odile étaient des niais sans vraie consistance, disposés à tout ce qui s'offrait, dépourvus de sens critique.

Devant n'importe quel interlocuteur je les aurais sans réticence ainsi injuriés ; pas même injuriés, jugés. Et pourtant, je le sentais parfaitement, les jugements qu'on porte sur ses amis n'ont rien à voir avec le besoin qu'on a d'eux ; ils ne sont même pas l'envers d'un sentiment. Ils ne sont rien.

Quelques heures plus tard, je sonnai à leur porte ; dès l'entrée de l'immeuble, l'escalier, j'avais senti quelque chose de lourd, d'oppressant comme une présence me réintégrer ; une inquiétude, aussi.

Odile m'ouvrit. Ce fut un choc ; en moi tout sembla remuer, flageoler. Qu'avait-elle ? Je la voyais plus ample, moins cernée dans l'espace qu'au cours de notre voyage ; était-ce Philippe qui rayonnait autour d'elle ? Il n'était pas là. Tout en se déclarant bien heureuse de me voir, elle me regarda elle aussi ; je m'énervai de ce regard qui signifiait : tu es allée chez le coiffeur, tu es lisse, tu es une étrangère. Ceux qu'on aime, il faut haïr leurs vêtements, leurs mots, leur beauté ; il faut les saisir à bras le corps, les yeux clos ; ensuite, doucement, on recommencera avec eux à épeler leur apparence, on leur rendra, si l'on veut bien, leurs longs cils, leur jolie robe, ce petit geste de la main, idiot, dont ils ponctuent invariablement leurs paroles.

Mais Odile ne se jeta pas dans mes bras ; elle s'assit sagement en face de moi, jambes croisées, doigts croisés : verrous pour me maintenir à distance ? Peut-être défi pour m'inciter à passer outre. Je n'y répondis pas ; maintenant que je l'avais bien considérée, c'était Philippe qui m'occupait. Et elle me raconta avec une mélancolique froideur qu'il avait pleuré, en l'accueillant. Sans doute était-ce cela que j'étais venue entendre. Mon exaspération surgit aussitôt, elle était déjà toute armée ; je cessai d'écouter Odile, je me reprochai toutes les concessions et les élans qui m'avaient jamais jetée vers ce geignard ; je me jurai de ne plus revenir sur mon mépris. Mon sang battait à mes oreilles.

Quelque chose pourtant me retenait sur ce divan, auprès d'une Odile devenue silencieuse. À quoi bon détester un être, si ce n'est pas pour le lui dire ? Il me fallait attendre Philippe, lui laisser percevoir que sa mollesse m'était connue, insupportable. Je sus avant elle qu'il venait de rentrer, je laissai Odile le découvrir, me l'annoncer. Puis, sur cet homme que je croyais connaître par cœur, j'ouvris de grands yeux. Il était bien tel qu'en mes pensées, mais il était aussi autre chose, plus libre.

Est-ce afin d'éprouver l'exacte étendue de cette liberté ? Je le suivis d'une pièce à l'autre. Sa forte voix d'homme me sonnait aux oreilles, au ventre ; on ne vibre pas ainsi sous un timbre de femme. Je me voyais agir, à chaque mouvement de son corps épier les infimes collisions de nos mains, épaules, cheveux, tous ces accidents généralement inaperçus qui président à la circulation en commun des corps, ces gros mobiles. En même temps, je me forçais à contempler de près l'empâtement encore secret du menton, les renoncements qu'annonçait la bouche, l'hypocrisie des mains – impuretés si visibles de l'âme. De temps à autre il s'immobilisait comme un chien à l'arrêt, attendant de moi je ne sais quel signe. Je me disais : « Jamais, jamais. »

Sans la voir, je sentais Odile s'affairer, préparer le dîner, la table ; je m'appuyais sur sa tendresse, son calme qui me reposaient de ma peur, de ma gaieté.

Ce fut un soir, chez moi. Il avait offert, parce qu'il était tard et qu'il pleuvait, de me raccompagner. Contrairement à ses habitudes, il monta jusqu'à ma porte, dans un silence qui coulait sur nos membres comme une eau pétrifiante. Puis entra.

Le désir. On croit que cela signifie le désir de serrer contre soi une peau, un corps inconnu. Le désir c'est bien souvent celui de faire cesser quelque chose d'intolérable. Je crains de me trouver seule et dans des circonstances favorables avec un être que je n'aime pas. C'est à celui-là, je le sais, que je céderai brusquement et sur mon initiative pour ne plus le voir, anéantir ce visage, cette présence qui me répugnent. Une fois saisi à pleins bras plus rien n'est laid, plus rien ne fait peur ; toute chair est chaude et vulnérable, tout homme étreint devient tous les hommes.

Philippe, c'était aussi Odile. Je la reconnaissais à cette odeur près du cou, qui n'était plus ni à lui ni à elle ; ce geste qu'il avait pour se pencher sur moi correspondait à une attitude qui m'était confusément familière. N'était-ce pas ainsi qu'Odile ouvrait les bras ? Loin de me déplaire, ces idées m'attendrissaient, ramenant cette aventure à des proportions affectueuses.

Cependant son regard me cherchait avec un peu trop de fixité. Craignant probablement qu'Odile ne remarquât son retard, il avait peur ; et sa peur, comme ses autres défaillances, me touchait.

Il fallut le laisser partir ; il me quitta comme on s'enfuit. Je savais bien que ce n'était pas moi qu'il fuyait ; il allait voir si rien n'était dérangé dans son monde, s'il ne devrait pas payer trop vite et trop cher son plaisir.

Après son départ, soigneusement enveloppée dans un peignoir, je m'accoudai au balcon, respirai l'air large de la nuit. J'avais fait ce que je m'étais interdit de faire, pourtant je ne m'en voulais pas. Je me considérai même avec une certaine indulgence, ainsi qu'une mère dont le fils vient de commettre quelque escapade. Non que je me prisse pour un héros, mais je savais bien qu'il m'avait été nécessaire de passer outre à mes consignes pour entrer dans ce domaine étranger. Jamais je n'aurais tenté l'aventure de mon plein

gré ; il avait fallu la nuit, l'occasion, la peur.
Maintenant j'étais dans un monde nouveau où il
faudrait se retourner, repérer des constellations,
des points cardinaux, tout apprendre des dangers
et des bonheurs.

Et nous défendre : tant de mots couraient à la
charge, le mot « trahison » par exemple, le mot
« mensonge ». Je les retournais dans ma main,
vilains cailloux que me lançait le monde ; je ne
voulais pas les accueillir comme des projectiles.
Je les serrais, les réchauffais contre mon cœur.
Voilà qu'ils perdaient leur poids, et jusqu'à leur
consistance.

En revenant vers mon lit, je me considérai
machinalement dans la glace ; je fus surprise de
découvrir sur ce visage une expression nouvelle,
plus vivante et plus douce. Je songeai à Odile,
j'avais hâte de la revoir ; elle était autre et ne le
savait pas encore ; moi je le verrais aussitôt de
mes deux yeux. Et ce qu'il fallait faire et dire, je
l'inventerais en la regardant.

Puis je me demandai ce que pouvait bien, à
cet instant, se raconter Philippe. Probablement
se prenait-il pour un homme à risques, à bonnes
fortunes. Je n'avais pas le courage d'être en
colère contre lui, la subite image de ce gros
garçon peureux, qui se félicitait peut-être en
enfilant son pyjama d'avoir une maîtresse, ne
parvint qu'à me faire rire.

Toujours il est un lendemain ; rien n'est plus sûr, ni plus bête, que d'en douter ! Ce n'est que sa variabilité qui peut surprendre ; il est des lendemains humides et mous, noirs de crasse, et des lendemains jours de fête, impossibles à prévoir.

Celui-là était ému et frais comme une jeune bête. J'attendais que Philippe me téléphonât ; trop de conventions exigeaient qu'il le fît pour qu'il y manquât. Je décrochai à la première sonnerie avec la satisfaction d'avoir eu raison et l'irritation de constater qu'il obéissait à de si piètres usages.

Rien ne prouvait cependant que ce n'était pas, de sa part, pur élan du cœur. Si ce n'est que le cœur a du génie : cet homme m'eût-il aimée, il aurait débarqué chez moi à l'aube ou même dans la nuit ; je le savais sans réfléchir. Mais il n'eût jamais attendu onze heures pour me téléphoner.

À sa courtoisie je répondis par une courtoisie plus grande, coupée de brusques accès d'acidité. La courtoisie c'était de l'insolence, et l'aigreur une dernière tentative pour le conjurer de planter là son formalisme. D'être vrai. Il crut probablement à quelque coquetterie, en profita pour me fixer un rendez-vous à cinq heures, dans une pâtisserie qu'en dépit du lieu et de l'heure, plus écœurante encore que son appel, j'acceptai. De conduite je ne m'en découvrais pas : je voulais seulement voir à son visage où nous en étions, lui et moi.

Lui aussi, probablement.

Il était en retard et j'aperçus sa forte et obscure silhouette hésiter un instant dans l'encadrement de la porte du salon de thé, puis se diriger droit vers moi comme une voile qui allait me cacher le soleil. Il s'assit, nous nous regardâmes de tous nos yeux et rien d'autre.

À cela sont occupés les lendemains des premières nuits d'amour ; et l'on n'en finit pas, au fil de l'examen, de passer de la honte à l'amour, au dégoût, à l'attendrissement et à nouveau au désir. « Jamais plus... », me disais-je et en même temps je calculais comment nous pourrions nous retrouver le soir même.

Ce fut lui qui parla le premier d'Odile. Baissant la voix comme s'il se fût agi d'une malade ou d'un complot ; et je fus choquée de ce qu'il y avait de complice dans son ton. Chacun de nous entretenait avec Odile des relations d'un ordre différent et, si coupables il y avait, c'étaient deux ordres distincts de coupables.

Mais je ne le lui dis pas. Je préférai rire, bousculer ses scrupules. Ma moquerie le dépita. Vexé d'avoir semblé geindre, il passa à l'attaque, soulignant mon égoïsme ou plutôt une forme inhumaine d'indifférence.

J'avais beau connaître l'origine de ces subits reproches, ils m'atteignirent de plein fouet. Ne m'étais-je pas abandonnée à lui sans un mot de plainte ou d'exigence ? De cet homme qui n'était pas libre, avais-je soutiré ne fût-ce qu'une promesse ?

Au vrai, si rien ne m'eût plus embarrassée que de l'avoir à charge, il n'en demeurait pas moins que j'avais fermé puis finalement ouvert les bras. Qu'il n'en tînt pas compte me scandalisa. Je crispai les doigts sur ma tasse de thé, ne vis plus en face de moi qu'un monsieur en pardessus qui parlait avec componction de son épouse.

Il continua de discourir, mais je n'étais plus qu'injustice. Il soupira qu'il m'aimait et je songeai froidement : « Et Odile ? » Et lorsqu'il confessa qu'il aimait Odile, c'est furieusement que je me dis : « Et moi ? Qu'en est-il de moi ? »

J'étais doublement jalouse, pour elle et pour moi, disputant pied à pied et tour à tour nos droits respectifs. Au fond, je ne désirais que le trouver en tort, observer comment il se noyait dans des histoires d'emplois du temps et de clandestinité. Alors qu'il eût suffi d'un geste un peu ample pour nous arracher tous trois à la pesanteur et à la trivialité de la situation.

Parce que Philippe ne s'y décidait pas, voilà que nous sombrions peu à peu dans le ridicule, pis : le lieu commun. Des images intolérables se substituaient aux vraies : deux amants se rencontrent subrepticement dans Paris ; pendant ce temps, à la maison, l'épouse trompée prépare le repas…

Un écœurement me prit et je songeai à m'en aller, ne plus me mêler de rien. Mais céder la place, n'était-ce pas consacrer le pire ?

Jusqu'au bout du monde, ces images me rattraperaient, il n'y avait qu'un moyen de les empêcher de prendre forme : tout brouiller, comme on fait d'un jeu de cartes !

Lorsque Philippe, qui avait à la dérobée et plusieurs fois consulté sa montre, me déclara qu'il lui fallait rentrer, je lui fis simplement savoir que je comptais l'accompagner.

Il ne protesta pas et me regarda d'un œil assez dur, ce qui me plut. Dans la voiture, il ne parla guère ; sans doute avait-il peur. Moi aussi. La peur, contrairement à ce qu'on pense, donne parfois de la dignité.

Dès qu'Odile nous ouvrit la porte, je m'approchai d'elle et, au mépris de toute prudence, la suivis dans les pièces, ne la quittant pas de l'œil. De ces événements qui la concernaient de si près, quelque chose allait bien se voir sur son visage ?

Philippe, au contraire, allait et venait sans paraître s'intéresser à nous ; mais, comme la mienne, je sentais son attention en éveil.

Odile, d'excellente humeur, nous entretint des épisodes de son après-midi, et du fait de sa tranquillité je sentis renaître en moi le mépris : elle était donc si épaissement aveugle ?

Déçue, j'allais m'abandonner au creux d'un grand fauteuil lorsque, brusquement, elle nous demanda d'une façon insolite, ou qui me parut telle, où nous nous étions rencontrés. L'erreur fut de répondre tous les deux à la fois, et différemment. « Mettez-vous d'accord », répliqua Odile sur un ton qui me glaça. Philippe fournit avec sang-froid des explications satisfaisantes.

Tout en notant dans la voix du menteur, mais sans avoir le loisir de m'y attarder, une intonation trop sûre, trop complaisamment jouée, qui m'agaça, je retrouvai mon souffle ; en même temps, un léger regret m'envahissait. J'avais eu peur, la peur affreuse de me trouver dans une situation incontrôlable. Or ce n'était pas sans ennui que je voyais revenir le calme et l'assurance que rien d'anormal n'aurait lieu ce soir. Mentir n'était donc qu'un froid couteau qui coupait le monde en deux sans qu'il en demeure trace ?

Odile mettait la table, toutes choses égales. Mais, à mesure que le temps passait, un sentiment d'excitation renaissait dans ma poitrine. Et si ces gestes que nous avions osés étaient restés sans réponse, sans sanction, ce n'était pas parce qu'ils ne comptaient pas ; c'était pour que nous en osions d'autres, plus audacieux.

Ce que j'appelai, en dépit de moi-même, trahison, n'était-ce pas en réalité une route qui s'ouvrait, où nous avions commencé de nous enfoncer ?

Où menait-elle ? Personne ne le savait vraiment, parce qu'ordinairement, dès le premier pas vers l'inconnu, on se dépêche de revenir en arrière ; ou de pousser de grands cris afin d'alerter les autres et qu'ils accourent pour vous retenir. Mais que se passerait-il si l'on continuait d'avancer silencieusement, sans prévenir personne, sur ce chemin non gardé ?

« C'est prêt », dit Odile. Nous nous assîmes tous trois, nous nous regardâmes en souriant. Aucun de ces sourires ne signifiait la même chose. Odile était cependant bien la même. Envers moi, envers Philippe. Je tentai d'observer de plus près leurs rapports. Quel mobile ou quel hasard rapprochait soudain leurs têtes, leurs regards ? Et ce ton adouci que prenait Philippe pour interpeller sa femme, tendresse ou volonté de paraître tendre ? Hélas, le réseau des gestes est une énigme, il consacre ce que l'on sait, il ne peut rien apprendre.

Après quelques jours, j'en arrivai à cette tentation qui menace tout observateur : le désir de l'expérience, d'y mettre la main.

J'avais déjà tendu de ces pièges-là. Sortant avec Odile, je me hâtai de l'entraîner vers la porte avant qu'elle eût embrassé Philippe : lequel, me demandai-je, rappellerait l'autre à l'ordre le premier ?

J'empruntais une jupe à Odile, puis oubliais de lui tendre la cigarette qu'elle avait réclamée ; Philippe s'en apercevrait-il ? Chausse-trappes pour faux amours. Mais c'était moi que j'y prenais, puisque je ne discernais pas s'ils venaient d'avouer ou seulement de mimer la sollicitude et la tendresse.

Un soir, l'enjeu du débat se trouva plus futile encore qu'à l'ordinaire. À l'occasion d'un anniversaire, sa mère proposa à Odile le choix entre une bague et une veste de fourrure. Philippe eût été content qu'elle acceptât le manteau, qui flattait son goût de l'ostentation ; mais Odile voulait se décider pour la bague, aimant les objets qu'on peut tenir et réchauffer dans le creux de sa main.

Au début, je me gardai d'intervenir, inquiète de les voir s'affronter, soulagée que ce fût à si maigre propos. Mais, bientôt, je m'agaçai de voir ce garçon à ce point soucieux de l'apparence de son épouse. Jalousie de constater qu'il ne cessait pas, en imagination, de faire couple avec Odile ? Besoin de mettre à l'épreuve ce faux-semblant, si c'en était un ? Pour faire crever les conflits, il n'est qu'un moyen : surenchérir !

Puisque Philippe jouait les époux, je jouai les tiers autorisés ; et moi qui ne craignais rien tant que m'interposer entre eux, j'en fis le simulacre. Sortant de mon silence, je commençai par dénigrer le port de la fourrure : y a-t-il plus grotesque que toutes ces femmes semblablement vêtues, se comportant toutefois comme si chacune venait d'inventer à l'instant de se jeter la descente de lit sur les épaules ?

Puis j'en vins au droit d'Odile à décider seule de ce qui lui faisait plaisir. Je me serais précipitée dans les bras de Philippe afin de le paralyser tout en criant par ailleurs à Odile « Fuis, mais fuis donc ! », que je n'eusse pas mieux réussi mon coup !

Furieux, gêné de l'être et furieux d'être gêné, Philippe cherchait les mots décisifs. Or voilà que ce verbeux soudain ne les trouvait plus ! Comme c'est peu de chose, un bon droit : un rien de mauvaise conscience, et le voici disparu ! Philippe qui, la veille encore, eût gaillardement attaqué : « Je tiens à ce que ma femme... Lorsqu'il s'agit de ma femme, c'est moi qui... », devina que j'allais rire ou mordre – et il se tut.

– Vous ferez, dit-il, comme vous voudrez.

Ce fut là le comble de son insolence.

J'étais contente, je le fus moins à sentir derrière moi Odile toute luisante de reconnaissance. Pour décider d'une couleur de rideaux, d'une soirée à prévoir, elle m'avait parfois chuchoté : « Il vaut mieux que ce soit toi qui parles à Philippe, tu sauras le convaincre. » Je protestais pour la forme, tout en sachant que c'était vrai ; Philippe ne me refusait rien, non du fait de la valeur de mes arguments, mais parce qu'il voulait me plaire.

Ce pouvoir que j'avais sur lui ne venait pas de ma force, mais de son penchant à croire que l'on plaît parce que l'on cède, et de la mienne à l'entretenir dans cette idée.

Aujourd'hui, je l'avais vaincu par une autre arme : la peur du ridicule qu'il y aurait pour lui à jouer les maris absolus. Odile me croyait forte lorsque je ne faisais qu'utiliser les lignes de pente. Et je devinai qu'elle se félicitait secrètement de m'avoir à ses côtés pour la soutenir et, au besoin, la défendre.

J'étais à ses côtés, certes, mais non en camarade qui prête main-forte ; en expérimentatrice.

Je me tournai vers elle, elle me tendit son regard. Parfois, tout ce que l'on vient de faire, de dire, de penser, cesse brusquement d'exister et l'on ne comprend plus ce qui nous déterminait jusque-là... Je ne savais qu'une chose : je devais me rapprocher encore de ces yeux-là, m'y fondre définitivement. Fut-on jamais autre chose que le désir de devenir un autre corps ?

« On se voit demain ? » me demanda-t-elle. Philippe s'était rapproché, brillant encore d'une colère qu'adoucissait le regret de me voir partir. Il me fit la même demande. Alors le désir me vint de les fuir. Ne se rendaient-ils pas compte que je ne leur donnerais rien de ce qu'ils attendaient de moi ? Qu'ils s'égaraient à mon sujet ?

J'étouffais plein de phrases qui ne trouvaient pas leurs mots. Fuir ? Tant que j'aurais ce poids sur la poitrine, je ne pourrais rien faire d'autre que les voir et les revoir.

« Bien sûr, leur dis-je, à demain. »

Brisée, ma voix me fit du bien : elle était un cri. Mais qui entend les cris ?

Les mois qui suivirent furent stagnants, la situation s'était établie d'un coup et il était impossible d'y apporter un changement, même minime. Tout geste que nous faisions en ce sens demeurait inachevé. Je voyais Philippe dans l'après-midi et nous mêlions la prudence à l'imprudence : nous tenant par le bras au beau milieu d'une avenue fréquentée alors qu'on le croyait à son bureau, puis, au moment d'entrer dans un bar, jetant des regards subreptices pour voir si nous n'y connaissions personne.

« Je t'aime », me disait Philippe, et je serrais mélancoliquement sa main. Puis, quelques instants après, le visage assombri, il me déclarait qu'il n'était pas question d'en faire part à Odile. À cette fuite sous couvert de ne blesser personne, je voyais bien qu'il y avait de la lâcheté, mais je ne la regrettais pas : qu'eussé-je fait de son courage, qui me l'eût laissé sur les bras ?

C'était oublier que courageux je l'eusse sans doute aimé.

Le soir nous revoyions Odile et je ne me souvenais plus de l'après-midi, tant nous étions repris par l'implacable solidité de ce qui était. Ils étaient un couple ; cet appartement, ce lit, le nom de Philippe accolé à celui d'Odile sur les enveloppes qui traînaient en témoignaient à tout instant. Le reste était un rêve, et c'est de bonne foi que j'aurais juré n'avoir de ma vie jamais rencontré Philippe ailleurs.

Même nos relations n'avaient pas bougé : Philippe se tenait auprès d'Odile durant les conversations, étayant ses souvenirs des siens, rectifiant ses affirmations, la reprenant sur ses goûts.

Pour moi je demeurais à part, et si j'intervenais c'était en bon public, pour encourager le jeu, accordant mon soutien à l'un puis à l'autre ; de temps en temps, je prenais un air sévère pour déclarer que je ne les comprenais plus et qu'ils me paraissaient tous deux en tort. Rien ne les affectait autant, et ils n'avaient de cesse qu'ils ne se fussent justifiés pour me ramener dans leur cercle.

Nos gestes s'étaient un peu transformés, devenant plus alanguis. Je posais plus fréquemment la main sur l'épaule de Philippe, ou caressais ses cheveux. Pour Odile, c'était elle qui m'effleurait au passage d'un baiser, d'un regard ou d'une phrase murmurée.

Un jour que je changeais de corsage dans leur salle de bains, elle appela Philippe pour qu'il vienne admirer mes seins ; je demeurai interdite de cette liberté, gênée du regard de Philippe qui parut goûter le trouble de la situation plus que sa simplicité.

Ainsi en était-il le plus souvent avec lui : il ne m'en disait mot, mais à la manière dont il nous prenait chacune par un bras je devinais qu'il se félicitait d'être aussi bien nanti. Mâle qui se congratule d'avoir en main ses femelles.

Sa fatuité gâchait tout.

Alors que, quelques instants auparavant, nous étions trois enfants mélancoliques, heureux de nous tenir par le bout des doigts sans lâcher nos secrets, la jubilation soudaine de Philippe nous couvrait d'une ombre malsaine, et mon cœur se glaçait.

Je m'arrachais à son bras pour lui faire savoir que moi, du moins, je ne lui appartenais pas. La brusquerie de mon geste troublait son contentement ; il me regardait d'un air surpris : qu'avait-il fait de mal ? N'étions-nous pas paisibles ?

Je dédaignais lui répondre ou le rassurer.

Alors commençait un manège – muet, bien sûr – où, derrière le dos d'Odile, Philippe tentait de ressaisir ma main. Plus j'ignorais ses avances, plus il s'exposait au risque de se voir découvert.

Parfois je cédais à son chantage, consentais à m'appuyer à nouveau contre lui, et la promenade se poursuivait dans cet étrange sentiment de vide heureux qui succède aux abandons.

Parfois aussi je ne me laissais pas fléchir, feignant d'ignorer ses signes, ses entreprises, et la tension entre nous devenait si flagrante qu'Odile finissait par la remarquer : « Mais qu'avez-vous, demandait-elle sur le ton du reproche, pourquoi vous taquiner ? »

Aussitôt, profitant de son intervention, l'un de nous prétendait la tirer de son côté, la prendre à témoin que l'autre lui portait tort, cherchant à transformer en joute fraternelle le plus perfide des combats.

Certains soirs, assez rarement, Philippe venait me rejoindre. De quels yeux avides nous nous étions regardés tout le jour, à table, en promenade, au moment des adieux ; puis, dans les bras l'un de l'autre, nous fermions les paupières.

Que devenait Odile ? Je ne parvenais pas à le savoir. Elle m'avouait parfois jouir d'un certain calme depuis que je partageais avec elle l'attention et l'humeur de Philippe. Qu'entendait-elle par là ? Je me disais : « Elle sait tout », et mon cœur battait dans ma poitrine que ce fût vrai, et si facile.

Mais quand je la surprenais au creux d'un divan, enfoncée dans un livre, ou lorsqu'elle s'obstinait par un temps glacé à partir se promener seule, l'angoisse m'étreignait. Une transformation physique s'accomplissait en elle, elle me semblait devenue plus transparente, comme ces malades chez qui s'amincit un fil ténu. Si en elle devait se produire une rupture elle aurait lieu, je le savais, au même instant dans mon propre cœur.

Parfois je me jetais vers Philippe en criant que cela ne pouvait plus durer. Il m'annonçait alors froidement qu'il n'était pas question pour lui de vivre sans moi, que seule la certitude de ma présence lui donnait l'énergie nécessaire pour maintenir les choses en l'état. Voulais-je le malheur d'Odile ? Non, je ne voulais pas le malheur d'Odile, surtout pas ! Seulement, le savait-elle ? Et j'allais rôder auprès d'elle pour tâcher de le lui apprendre, espérant on ne sait quelle impensable occasion de l'assurer de ma tendresse, sans du même coup, lui en fournir l'éclatant démenti.

Fatigués d'avoir à surveiller nos gestes, nos regards et surtout les pendules, nous rêvions parfois, Philippe et moi, du miracle qui nous permettrait de nous retrouver hors du monde, le temps de dormir sans contrainte toute une nuit ensemble.

Pourtant, lorsque Odile nous annonça qu'elle partait pour la campagne avec les enfants comme tous les ans à cette époque, notre premier et commun mouvement fut de la retenir. Philippe la pria d'attendre quelques semaines, jusqu'à ce que son travail lui laissât la possibilité de l'accompagner. Pour moi, je me contentai de lui demander à quel démon conformiste elle obéissait pour se croire dans l'obligation de quitter Paris dès les beaux jours. Mes paroles la surprirent. Odile, qui ne croyait à rien, eût trouvé choquant de passer l'été à Paris. Elle avait à peine quitté l'âge des vacances scolaires que la survenue de ses enfants continuait à lui fournir prétexte à ces exodes.

Et Philippe, jusqu'à présent, n'y avait jamais mis obstacle. C'était la première fois qu'elle le voyait réticent, alléguant maladroitement une variété infinie de motifs pour la retenir : des réceptions auxquelles ils étaient tous deux conviés, des amis étrangers qui allaient débarquer pour quelques jours en France, un changement de femme de ménage qui ne pouvait avoir lieu sans sa présence... Et comme Odile avait raison de tout, il en vint au plus bête, aux supplications sentimentales : « Sans toi, lui dit-il, je vais m'ennuyer... » Odile, qu'une détermination obscure semblait animer, n'hésita pas : « Vous sortirez tous les deux », dit-elle gentiment.

Philippe dut sentir qu'on ne pouvait pousser trop loin la fausse innocence ; il se tut, n'insista plus. Mais je le devinai, comme moi, rempli d'horreur et d'appréhension à l'idée de ce départ.

Le jour vint où il fallut accompagner Odile à la gare ; comme cela tenait du déménagement, on eut recours à mes services et nous nous retrouvâmes sur un quai, encombrés d'enfants et de l'attirail que leur entretien comporte.

Dénombrer des paquets, les enfourner dans un compartiment : occupations bénies ! Cependant, lorsque tout fut réglé, il fallut bien passer aux adieux. Odile, les enfants, les valises, il était impossible de ne pas ressentir leur départ comme un débarras ; plus impossible encore d'en être heureux.

Odile, pourtant, nous regardait avec satisfaction, déjà revêtue de cet air lointain que je lui avais vu à Rome, à Venise, comme s'il lui fallait un voyage pour qu'elle s'accordât le droit d'être absente.

Philippe paraissait soucieux, arpentait le quai, achetait des magazines et se lançait dans un détail de recommandations où il était manifeste qu'il n'entendait rien. L'heure approchant, j'embrassai Odile, caressai les enfants et descendis du wagon pour ne pas gêner Philippe dans ses effusions. Il me rejoignit sur le quai et je l'entraînai vers la sortie avant même que le train se fût ébranlé.

Hélas, si l'on refuse d'y tenir son rôle, la pièce se joue quand même et nous impose son dénouement. À mesure que nous retournions vers nos quartiers, l'évidence s'imposait : nous ne voulions pas être ensemble. À un carrefour, c'est presque sans y penser que je soufflai : « À gauche. » À gauche, on allait chez moi. La voiture était déjà un peu engagée dans un autre sens et Philippe braqua vivement pour la redresser. Ensuite il n'hésita plus jusqu'à ma porte. Je descendis très vite et lui tendis la main par la portière ouverte : « Bonsoir. » Il me regarda sombrement, attentivement, sérieusement. Au nom de quoi, nous n'en savions rien, mais nous étions d'accord pour nous séparer ce soir-là.

D'accord aussi pour nous en vouloir.

« Bonsoir », me dit-il sans rien ajouter.

Durant quelques jours, je m'organisai de telle sorte que je fus très occupée ; passant d'une activité à l'autre, j'étais d'excellente humeur, et qui m'eût surveillée n'eût pu déceler dans mes journées le moindre vide où glisser du rêve ou du désarroi. Je ne cessais cependant de songer à Philippe avec acrimonie.

Le fait que j'eusse accepté ses manifestations d'amour m'avait amené à penser que j'avais changé d'avis sur son caractère, ou du moins que j'avais oublié ou pardonné ses faiblesses ; je m'aperçus qu'il n'en était rien.

Non seulement je retrouvais intactes mes rancunes d'autrefois, mais certains gestes ou certains mots qu'il avait eus au cours de nos plus tendres heures, et dont j'avais remarqué alors, mais sans en souffrir, l'indélicatesse ou le mauvais goût, m'avaient en fait sérieusement blessée.

C'était maintenant seulement que je lui en voulais. Mais ce dont je souffrais le plus, à mesure que je revivais ces scènes déplaisantes, ressassant un à un mes griefs, c'était d'avoir laissé passer l'occasion de lui rendre coup pour coup. Et même, au contraire, d'avoir souvent répondu, à ce qui me paraissait maintenant comme un affront, par un baiser.

Mille phrases, d'autant plus vengeresses qu'à la peine se mêlait l'humiliation, s'accumulaient dans ma tête. Bientôt je ne songeai plus qu'à une chose : le rencontrer et trouver l'occasion de la revanche !

En même temps, je percevais la vanité de l'entreprise ; j'étais trop fière pour évoquer devant lui quelque scène stupide et qu'il avait probablement oubliée – de l'ordre d'un coup de téléphone à Odile donné alors que nous nous trouvions ensemble, ou d'un reproche qu'il lui avait fait parce qu'elle m'avait offert un bijou dont il venait de lui faire cadeau – pour maintenant lui jeter à la figure qu'il s'était conduit là comme un bélître, un imbécile. Ces révoltes à retardement sont ridicules, elles tendent à prouver qu'on n'a pas l'orgueil bien à vif.

Si du passé il ne pouvait être question, restait le présent. Celui-là, je l'avais encore en main, il était temps d'en faire quelque chose.

Une réception allait avoir lieu, à laquelle Philippe s'était inquiété de se trouver sans Odile ; je savais bien qu'il ne la manquerait pas. Comme j'y étais aussi invitée, cela me permettrait d'être remise en sa présence sans que je parusse en avoir pris l'initiative. En maîtresse délaissée !

Oui, bien sûr, je soignais mon apparence ! On s'en veut de ces mesquineries-là tout en sachant quelle est leur importance ; et on se les pardonne en se disant que ce sont les autres, par leur frivolité, qui nous contraignent à ces comédies. Il s'en joue quantité d'autres, dans ces réceptions mondaines du mois de juin où mille intrigues se poursuivent en sous-main alors qu'on s'imagine être le seul à y nourrir d'obscures arrière-pensées.

Toutefois, ces plats visages, ces voix hypocrites ne pouvaient m'opposer des obstacles et je naviguais sans peine d'un groupe à l'autre, cherchant mon homme. À ce propos, je remarquai que ce n'est pas avec les yeux qu'on épie le mieux, mais avec le dos ; non point directement, mais en observant un groupe qui, par sa composition et son comportement, renseigne sur ce qui se passe derrière soi.

C'est ainsi, à l'éclairement du visage d'une blonde dont je connaissais les sentiments, que je sus que Philippe venait d'entrer. J'obliquai alors dans sa direction, mais sans me tourner vers lui ; j'entendais sa voix et c'est à un brusque changement de ton que je sus qu'il m'avait vue.

Dès lors il ne me restait plus rien à faire, et, demeurant là où j'étais, je plongeai un regard paisible dans celui de mon interlocuteur. C'était un assez beau garçon nommé Ralph, que j'avais déjà rencontré quelques semaines auparavant à un dîner. Ce qui nous avait rapprochés, là-bas comme ici, n'avait jamais été autre chose que notre commun manque d'intérêt pour l'entourage. Toutefois, étant donné l'insuffisance prétentieuse des milieux où nous nous trouvions, la tendance de ce garçon à l'effacement m'agaçait comme un aveu d'incapacité ; par ailleurs, il me semblait que mes outrances de langage et de gestes lui déplaisaient, et je lui en voulais vaguement de ne pas deviner que c'était lui, par sa réserve, qui les provoquait.

Il y avait déjà plus d'un quart d'heure que je parlais avec Ralph sans l'écouter lorsque Philippe surgit. À partir de ce moment-là, je me tus.

– Si nous allions dans le jardin ? me dit Ralph au bout de quelques instants de silence.

Cela obligeait à passer devant Philippe, et cette éventualité ne me déplut pas ; j'avais besoin qu'il se passe quelque chose.

Maigre satisfaction, au reste : Philippe, qui avait dû prévoir mon mouvement, ne leva les paupières qu'au dernier instant et s'imposa de me saluer de cet air impavide qui s'interprète aussi bien en indifférence qu'en contrôle de soi.

Cependant il dévisagea Ralph, je le sus sans le voir.

Dehors l'air était admirablement léger et vous pénétrait sans presque qu'on eût besoin de respirer. Ralph me tendit un verre de champagne ; je souris – à lui ? à l'été ? À rien, sans doute. Brusquement le poids que je portais depuis des mois sur mes épaules me quitta ; il me semblait sortir d'un tunnel, à l'horizon s'estompaient mes projets, mes machinations ; il y avait des routes, des hommes inconnus, la Terre entière.

– Si on allait au cinéma ? demanda Ralph.

Ou est-ce moi qui le proposai ?

Nous tombâmes d'accord.

C'est à ce moment que Philippe, de l'air de quelqu'un qui s'arrache à mille sollicitations, se dirigea rapidement vers nous.

– Comment vas-tu ? fit sa voix.

– Comment va Odile ? enchaînai-je.

Ralph disparut.

À entendre nos réponses, tout allait bien ; tout allait mal à voir nos regards. Je tirais sur mes gants, Philippe jouait d'un briquet. Autour de nous le bourdonnement des conversations s'était estompé, on nous épiait probablement.

Comme j'aime que l'on me guette ! Sentir autour de soi la visqueuse attention de ceux qui s'imaginent percer vos secrets alors qu'ils en ignorent tout ! Lorsqu'ils croient que vous êtes en train de vous trahir, c'est eux-mêmes qu'ils révèlent par leur silence gourmand, leurs paupières faussement baissées, la moue pincée de leurs lèvres.

Quand même je raconterais ma vie détail par détail à un cercle attentif, je n'aurais pas le sentiment de m'être découverte : la vérité d'une existence est si totalement étrangère à certains que se promener nu devant eux, c'est jouer au bonneteau ; à chaque coup ils distinguent l'as là où il n'est pas. Et plus ils ont le nez sur les dés, moins ils y voient. C'est pourquoi je ne me cache jamais de ces gens-là.

Je savais ce que pensaient les plus avertis : on avait remarqué que, depuis quelques mois, nous sortions bien souvent ensemble tous les trois ; et l'on en concluait bien sûr que nous allions, Philippe et moi, mettre à profit l'absence d'Odile.

Or c'est justement l'absence d'Odile qui creusait cet abîme entre nous !

Pour la troisième fois, Philippe me demanda : « Tu vas bien ? » Puis il ajouta rapidement :

– Je n'ai pas eu le temps de te téléphoner, parce que... »

Il voulait probablement dire : « Pourquoi ne m'as-tu pas appelé ? »

J'aurais pu m'émouvoir, mais l'amour-propre fut le plus fort : je voulus profiter de l'aubaine qui s'offrait de faire place à ma colère : « Ne t'excuse pas, j'ai eu beaucoup à faire, je n'aurais pas pu te voir... Ce soir ? Non, je vais au cinéma avec Ralph N. Tu ne le connais pas ? Il était là à l'instant... »

Des gens passaient, nous saluaient, l'œil quelque peu inquisiteur ; nous leur répondions avec une courtoisie qui dissimulait de la haine à l'égard des gêneurs. Mais nous exagérions nos égards envers eux pour nous prouver mutuellement que nous n'accordions que peu d'importance à notre échange, qu'il était de pure forme.

Chaque mot, pourtant, insignifiant, badin, que je disais ou que Philippe me répondait, faisait son chemin en moi, changeant à mesure mes intentions.

J'étais venue là, avais-je cru, pour trouver l'occasion de le défier ; je m'apercevais que c'était dans l'espoir de trouver encore en lui quelque marque d'amour. Or il était devant moi aigre, vaniteux, cherchant à me faire dire que je lui manquais, se refusant quant à lui au moindre aveu, au plus petit geste de tendresse.

Il est vrai que j'étais réticente, présentant probablement un visage buté en lui jetant dans les jambes que je n'étais pas libre à dîner : c'était dans l'espoir qu'il m'en priât avec plus de force.

Rien que l'expression de sa déception, un signe de regret, eût pris une telle valeur que, s'il m'avait invitée à lui téléphoner le lendemain, ou même à le rejoindre dans la nuit après mon prétendu dîner, je serais accourue. Prête à tout affronter, de l'avenir et d'Odile.

Mais il ne me demanda rien.

Je me sentis non désirée, peu nécessaire. Alors que j'étais encore toute attente, le temps me parut si insupportablement long que je cherchai à l'abréger, regardant d'abord de tous côtés, comme à l'affût d'une distraction, puis lui demandant l'heure.

Ce qu'il prit, bien sûr, comme une insulte.

– Huit heures, dit-il sèchement.

– Alors il faut que je m'en aille.

– Oui, il faut s'en aller.

Vite, qu'on tire le rideau, que tout soit fini.

Tant de fois l'on se jette hors du théâtre, incapable de supporter le dénouement de la pièce tant on le redoute, et ceux qui sont avec nous prennent cette fuite pour de l'ennui ou de l'indifférence...

Ce fut à qui de nous deux traversa le plus vite les salons, tendit le premier la main à l'autre. C'est qu'il reste comme une chance, au moment des adieux, qu'un mot différent soit prononcé, et l'on a hâte de la tenter. Mais on est toujours déçu, non par l'autre, mais par soi-même, par ce grand caractère que nous avons, qui n'est jamais en défaut pour dire « adieu » quand nous pensons « reviens »...

Ralph se trouva là. Hasard ? Me guettait-il ? Descendant l'escalier près de lui, je m'aperçus que c'était cette idée qui m'avait soutenue, d'un bras qui m'attendait.

Dès le cinéma, Ralph me prit la main, ou est-ce moi qui la lui offris ? Peu m'importait alors ce qu'il pouvait penser, j'avais besoin de consoler quelqu'un du mal que Philippe m'avait fait. Et je me penchai sur Ralph comme Philippe avait omis de le faire sur moi, avec la certitude qu'il était autre chose que ses yeux bleus et sa bouche triste, ailleurs qu'en ses paroles et son étroite vie de jeune homme.

Bientôt le film m'ennuya ; ses images n'allaient pas assez vite pour mes pensées ; la bouche des acteurs mâchant lentement leurs mots m'évoquait celle des poissons. Je tirai Ralph par la manche. Un spectacle agit comme un charme, qu'on vous secoue et le voilà rompu : il me suivit aussitôt. Sur le trottoir, nous allongeâmes un pas vite semblable ; c'est un des plaisirs de la jeunesse qu'accorder spontanément son pas à celui de son compagnon. Plus tard on s'y refuse, ou on ne sait plus...

Il faisait doux, ce garçon que je connaissais à peine m'était comme un frère familier ; il prenait mon bras à la traversée des rues, puis le relâchait. C'était la première fois que nous nous trouvions seuls ensemble, mais je savais que nous avions un passé commun : toute une suite d'années où nous avions lu les mêmes livres, rêvé enfants sous des tapis de table au son des mêmes conversations, et que nous attendions probablement la levée identique de quelque visage fatal.

Voilà pourquoi je n'éprouvais pas le besoin de lui parler ni même de tenir compte de lui ; je savais que je pouvais lui faire confiance, m'abandonner devant lui à mes soucis, Philippe, Odile.

Il se taisait sagement. Je crus que c'était sa nature d'être silencieux, triste et prêt à tout. C'était oublier que jamais personne ne donne pour rien sa compagnie. Ce bras qui se glisse sous le vôtre représente une attaque – soucieuse de se camoufler – plus qu'une aide…

– On dîne ?

– Non, dis-je.

J'avais envie de descendre le long des quais de la Seine pour m'approcher du fleuve, caresser un peu sa crinière, mais trop d'amours fugitifs s'y évoquent ; il valait mieux se laisser emporter vers des quartiers inconnus. Nous avancions vite, comme si le décor, monté sur tréteaux roulants, venait de lui-même à notre rencontre.

Ruelles, squares, portes cochères, tout semblait porter à l'amour, être une indication qu'on pouvait à nouveau jouer la scène, recommencer la partie amoureuse, et cette fois la gagner.

J'étais convaincue de ne pas aimer Philippe ; assurée de le mépriser quelque peu, je ne désirais, me disais-je, ni vivre avec lui ni être aimée de lui.

Pourtant, au seul souvenir de son nom, et de cette aventure, quelque chose s'enrayait dans mon cœur.

Bientôt Ralph parla. Il parlait drôlement, de rien, de personne, utilisant des pronoms impersonnels, des verbes neutres. Sans doute craignait-il de se découvrir, mais je crus voir cette réserve comme m'étant destinée, et que ce jeune homme eût préféré périr plutôt que m'interroger sur ma vie ou, s'il l'avait perçue, sur ma peine.

J'appréciai sa retenue ; ainsi, pensai-je, doit-on se conduire avec qui l'on ne connaît guère. Pour montrer que tout en saisissant son intention je l'engageais à passer outre, je parlai du cocktail sans omettre de mentionner négligemment le nom de Philippe.

– Cet homme, dit alors Ralph sur un ton d'intérêt poli, est-il votre amant ?

Suffoquée, je cessai d'avancer. Le voir enfreindre les règles qu'il venait lui-même d'établir me le montrait sous un autre jour. Je le dévisageai sans répondre, d'autant que le terme « amant » ne me paraissait pas le mot juste.

Tandis que j'hésitais entre dire « non », ce qui eût été mentir, et dire « oui », ce qui ne m'eût pas satisfaite, il approcha son visage tout près du mien et soudain donna sur le mur qui se trouvait derrière moi un violent coup de son poing nu.

À qui ce coup était-il destiné ? À moi ? À Philippe ? À mon passé ?

Je ne sais, mais je le reçus en plein cœur.

Sans un mot de plus, nous nous remîmes en marche.

Je le revis souvent, les jours qui suivirent ; nous nous quittions sans promesses. Et le lendemain le téléphone sonnait. Était-ce Philippe ?

C'était Ralph. Négligeant les formules d'accueil, il me demandait si j'étais libre pour le déjeuner ou pour le dîner. Je l'étais régulièrement ; pourtant il m'interrogeait chaque fois avec le même souci. J'appréciais cette politesse qui feint de croire que la vie des autres est un monde plein ; aussi me donnait-elle de l'angoisse : n'était-ce pas refuser d'y prendre vraiment pied ?

Mais je jouais son jeu : quand j'avais répondu « oui », nous cherchions longuement ensemble, comme s'il se fut agi d'un problème que nous avions toutes chances de ne pas résoudre, où nous rencontrer. Il me parlait d'un bar dont il ignorait l'adresse, je le suppliais de se trouver à un carrefour que je lui décrivais minutieusement et dont il paraissait n'avoir jamais soupçonné l'existence. Puis, rendez-vous pris, il raccrochait brusquement comme on se coupe d'une action honteuse. Mais le filin était jeté. Jusqu'à l'heure dite, j'étais rassurée, je n'avais plus à y penser.

M'aimait-il ? Je ne songeais pas plus à y réfléchir qu'à en parler. Nous nous retrouvions avec un geste, une exclamation de surprise réprimés, pour marquer, s'il en était encore besoin, qu'il ne s'agissait pas là d'une habitude ; que cette rencontre, pourtant minutieusement agencée, tenait du miracle.

Ensuite, les consommations servies, nous nous taisions. Qu'il y eût un peu de pose dans nos silences ne m'échappait pas. Et parfois je m'ennuyais. Je songeais alors aux soirées passées avec Philippe, où tout devenait entreprise et spectacle. Tant de fois je l'avais raillé de se livrer à ces comédies, dédaignant trop ce qu'elles avaient de générosité débonnaire.

Auprès de Ralph, en revanche, la laideur des endroits publics sautait aux yeux, et l'ennui distillé par les spectacles s'avérait insoutenable.

La feinte gaucherie du garçon le soulignait encore. Si Philippe mettait son honneur à montrer de l'aisance auprès des chasseurs et des maîtres d'hôtel, Ralph, au contraire, mimait la maladresse et l'ignorance des usages. Et lorsque mon regard croisait le sien, il y répondait par un sourire abattu ou un compliment navré sur le spectacle, imitant l'égarement de ceux qui croient nécessaire, par crainte de passer pour des imbéciles, d'apprécier ce qui les accable. Cette parodie m'enchantait, j'y voyais le plus élégant des dédains.

Pourtant il ne m'accordait pas le plaisir d'en rire avec moi par la suite et je ne parvins jamais à lui faire convenir qu'il jouait un rôle. Si je le pressais là-dessus, il se drapait dans une gaucherie accrue et me répondait par monosyllabes.

C'était m'exclure de lui et de ses secrets. Dépitée, je tentais de me convaincre qu'une complicité tue est d'autant plus profonde. J'avais raison : on est complice de tous ceux qu'on applaudit. C'était lui qui trichait à vouloir le nier.

Ayant largement traîné de bars en cinémas, de rues en rues, toujours aussi lugubrement silencieux, c'était brusquement que nous nous quittions ; qui nous eût épiés eût pensé que nous venions de passer la pire soirée de notre vie. Je n'avais qu'une preuve qu'il en était autrement : il me téléphonait le lendemain et j'acceptais sur-le-champ de le revoir.

« Avez-vous une mère ? que fait votre père ? vous aimez vos frères et sœurs ? » On souffre toujours à prononcer ces mots-là, mais généralement nos interlocuteurs ont le bon goût de dissimuler la vilenie de cette inquisition sous une rapide réponse. Ralph, lui, lorsque j'avais pris sur moi de lui poser une question de cet ordre, demeurait dans le silence ; et je me demandais comment il pouvait nous laisser dans cette gêne. Pour tenter de lui donner l'exemple de la confiance, lorsque c'était lui qui m'interrogeait sur quelque détail intime de ma vie, je m'empressais de lui répondre le plus sincèrement possible.

Il lui arrivait en effet de poser des questions brutales ; il prenait alors un air douloureux où perçait l'effort qu'il avait dû faire pour surmonter sa naturelle réserve. Or c'était peut-être de me voir répondre, et de sentir se tisser entre nous l'indestructible filet de ce qui est dit et entendu qui lui était le plus pénible.

Il y avait toujours chez lui ce double mouvement : il voulait savoir, s'avançait, puis il ne supportait pas de se sentir tenu et engagé par ce qu'il venait d'apprendre. Alors il se reculait en raillant et il vous aurait battus pour ces mots que vous veniez d'introduire en lui. Mais le mal était fait.

Nous ne revînmes pas sur mes relations avec Philippe, mais je parlais de lui, de sa nature, de ses défauts et bientôt d'Odile. « Vous l'aimeriez », disais-je à Ralph, et il protestait qu'il n'aimait personne. Ou, s'il était de bonne humeur, il m'interrompait pour échafauder avec précipitation un conte où Odile était amoureuse de lui, et comme il ne voulait pas d'elle, cela le menait à se battre contre Philippe : « Un homme aimable qui ne veut que le bonheur de sa femme. »

Quelque chose m'irritait dans ces fables, mais je prenais le parti de m'en amuser, rajoutant des épisodes pour enjoliver son histoire ou tentant de l'interrompre pour lui représenter qu'Odile n'était pas du tout ainsi.

Bientôt, même, une sorte de jeu s'établit autour de leurs deux noms : « Voici une robe qui irait bien à Odile », disait-il au passage d'une jeune femme. Ou bien, lorsque je m'exprimais d'une façon trop pompeuse, « Vous devriez laisser ces mots-là à Philippe ».

Et je m'apercevais que ses remarques étaient justes, qu'il avait deviné mes amis sans les connaître. Au lieu de m'étonner de cette pénétration qui dénotait une sensibilité presque maladive à ce qu'on lui révélait d'autrui, et qui aurait pu expliquer bien des reculs et des silences, j'y trouvais du plaisir. Émue de le voir prendre intérêt à mes proches.

Avec l'automne, loin de s'atténuer, la chaleur s'exaspéra. Si Ralph ne m'avait pas retrouvée trop tard, il nous arrivait de prendre un train de banlieue pour aller nous promener sur les bords de la Marne. Un jour où je lui avais demandé pour quelles raisons il ne partait pas en vacances, il m'avait lancé avec vivacité un flot de réponses où je démêlai mal le vrai du faux : qu'il avait horreur des plages, de voir ses congénères en maillot, qu'il préférait la nature l'hiver et qu'il n'avait pas d'argent.

Ma question, banale, touchait-elle à un secret intime ? Je le crus un moment, mais à le mieux connaître j'appris qu'il parlait d'abondance quand il n'avait rien à dire. Il ne partait pas parce qu'il ne savait où aller, ni surtout avec qui. Voilà qui nous rapprochait, et ce qui donnait à ce sauvage envie de se taire.

Où aller ? Je songeai à Odile que Philippe avait rejointe ; ils étaient sur un bord de mer.

Assez régulièrement, je recevais d'elle quelques cartes postales dans lesquelles elle me parlait avec une émotion un peu banale mais bien tournée du soleil, de ses enfants, et de la tendresse qu'elle avait pour moi. J'accumulais ces cartes sur ma cheminée ; je ne me décidai pas à les jeter, pourtant leur vue ne me plaisait guère, pour avoir, pensais-je, négligé d'y répondre.

Bien des couples s'enlaçaient sur les bords herbus de la rivière, et nous avions parfois du mal à trouver un lieu tranquille. Des barques passaient dans un bruit de rames malmenées ponctué d'éclats de rire. Je m'allongeais, la nuit venant, je considérais les étoiles ; je ne m'étonnais pas d'être avec un garçon dont je n'attendais rien. Sans lui, cependant, je n'aurais pas été là et il ne m'était pas indifférent ; j'aimais son souffle, sa tristesse.

Une fois, je lui demandai s'il était malheureux ; c'était une de ces questions inutiles que j'eusse compris qu'il ignorât ; mais il me répondit tout bas qu'il était triste, et que c'était très bien. Je sus ce qu'il voulait dire : la satisfaction lui faisait horreur ; moi non plus, je n'étais pas heureuse et c'était en soi un bonheur que cette douleur du côté du cœur qui irradiait parfois vers le haut du bras ou la gorge.

Qu'il n'eût pas de gestes tendres à mon égard, je le remarquais sans surprise ; je ne le désirais pas et je ne comprends jamais qu'on nourrisse pour moi un désir que je ne partage pas. L'habitude, bien entendu, pousse les mains vers les mains, les têtes vers les épaules. Et c'est probablement l'habitude qui mena sa bouche, un soir que j'étais étendue auprès de lui, sur la mienne. Un instant nous demeurâmes lèvres closes, visage contre visage. Comme nous étions loin ! Doucement je m'écartai. Il passa son bras sous ma nuque et nous nous figeâmes dans une position quelque peu inconfortable, mais qu'aucun ne voulut quitter jusqu'à ce qu'il fût l'heure du retour.

Plus tard, je resongeai sans plaisir, mais avec une sorte d'angoisse, à ce baiser ; dans ma tête tournaient des ombres noires, comme lorsqu'on a de la peur et qu'on n'en discerne pas l'objet.

Puis j'oubliai et nous ne cherchâmes pas à recommencer.

Un jour, je reçus une lettre de Philippe et en déchirant l'enveloppe, je m'avouai que je n'avais pas cessé de l'attendre. Avec un agacement, prévu lui aussi, je parcourus ses phrases un peu ampoulées, satisfaite de lire entre les lignes à quel point notre rupture l'avait préoccupé. Trop peu franc pour le reconnaître, il m'offrait cependant plusieurs occasions de renouer, la plus nette se présentant sous forme d'une invitation à venir passer près d'eux les derniers jours de ces vacances.

Je ne désirais pas reprendre avec lui des relations amoureuses. Sa lettre faisait allusion à un genre de vie qui m'horripilait à l'avance. Il me parlait d'Odile de cette façon complaisante et possessive que je détestais chez lui. Pourquoi acceptai-je ? Je retrouvai cette impatience qui me faisait accourir chez eux lors même que je savais devoir me blesser de tout ce qu'on allait dire ou faire. Comme si, à partir du moment où j'avais vu le buisson, je ne pouvais m'empêcher de me jeter sur ses épines ; dans l'espoir peut-être de les briser ?

Ralph reçut avec indifférence la nouvelle de mon départ. Mais, à mesure que s'avançait notre dernière soirée, il se livra à des allusions assez mordantes sur, disait-il, le « mauvais esprit » que j'allais apporter chez de pauvres gens sans moi si tranquilles.

Ces plaisanteries étaient bien de son bois ; n'ayant pas la conscience excellente, et surtout manquant de repartie, je les pris assez mal. De quel droit, me disais-je, se permettait-il des reproches sur ce qu'il ignorait ?

C'était méconnaître qu'en le quittant aussi brusquement, je faisais peu de cas de sa compagnie, ou plutôt que j'avouais qu'elle m'était insuffisante. Sans doute n'avait-il rien montré pour qu'il en fût autrement. Sauf ces paroles acerbes ; elles étaient peut-être sa première démarche inquiète ? l'ombre d'une jalousie ?

Cela ne m'eût pas arrangée, et, persuadée que je quittais quelqu'un qui me critiquait sans pour autant me prêter secours, je lui fis d'assez froids adieux.

Le soleil se trouvait encore bas sur l'horizon lorsque, un matin, je sautai d'un train de nuit sur le quai de la petite gare balnéaire. Odile m'attendait. En short, sans se presser, elle avança vers moi. Je ne m'attendais pas à cette peau brune, ces belles cuisses un peu trop musclées, cet air de calme nonchalance qui confessait bien des heures passées sur le sable à ne songer à rien. Je m'aperçus que je n'étais pas à son niveau, et cela m'irrita ; d'autant plus qu'elle, en revanche, ne semblait pas s'offusquer de mes hauts talons, de ma peau blême, ni du début précipité et trop grinçant de mes mots. Saisissant ma valise d'un geste garçonnier, elle m'entraîna vers la sortie.

– J'ai l'habitude de me lever tôt, me dit-elle. Pour ce qui est de Philippe, il dort.

À ce nom, mon cœur se serra. Était-ce parce qu'Odile ne devait rien deviner et de crainte qu'elle lût sur mon visage ? Je m'étais partiellement dissimulé, jusque-là, le but de ce voyage. Maintenant que le moment devenait proche, mon émotion me rappelait à l'ordre, dissipant les faux-semblants. Seulement, je me sentais moins de courage que de lucidité.

Nous roulâmes le long des digues, puis de la mer nue, et une lassitude me prit. Aux côtés d'Odile je retrouvais ce sentiment oublié depuis Venise : la confiance mêlée d'ennui, le désir de poser sa tête près d'un corps auquel on ne songe guère plus qu'au sien. Ces luttes, ces combats, qui m'y obligeait ? N'était-ce pas moi qui les inventais hors de rien ? Pourquoi ne pas renoncer à Philippe, cesser de mentir à Odile ? N'étaient-ils pas deux gentils camarades auprès desquels il est doux de respirer sans contrainte ?

Voix pateline de la peur ! Comme elle ment mal, un rien et la voici confondue : nous venions, à un tournant de la route, d'apercevoir la maison, j'eus à l'esprit le regard de Philippe ; non, hélas, ce n'était pas moi qui inventais ce regard, il évoquait tout ce que j'avais accepté, il ne s'oublierait pas ainsi. Il fallait commencer par l'affronter. Je respirai profondément, tâchant de regagner mon courage.

Odile arrêta la voiture sans prendre la peine de me faire remarquer les lieux ; j'appréciai cette discrétion. Il me fallut courir pour la retenir de monter seule et d'un coup tous mes bagages. La chambre était claire et nue et se laissait tout de suite habiter. Je me retournai vers Odile : lui avais-je dit que j'étais contente de la revoir ? J'ouvris les bras, elle m'étreignit largement. Chaque fois j'éprouvais la même surprise, la douceur de cette peau et ce léger parfum d'herbe. Puis, vite, un peu d'ennui, comme un besoin de me détacher, de passer à autre chose.

À peine venais-je de changer de tenue que Philippe entra dans ma chambre, mal réveillé, en pyjama ; il désirait visiblement profiter de cet état, qu'il devait juger désarmant, pour esquiver la gêne de nos retrouvailles. On ne peut traiter de haut, s'était-il probablement dit, un homme qui sort du lit. Cette fourberie était bien dans sa manière et je ne manquai pas d'en être irritée.

Comme on a tort de passer outre aux travers qui nous exaspèrent chez les autres ! Rien n'est plus constant que les défauts superficiels, ils nous blesseront mille fois s'ils l'ont fait une, jusqu'au moment où ils rendront une amitié intolérable. On aura bonne mine à dire à quelqu'un avec qui l'on se trouve à tu et à toi : je ne veux plus te voir parce que tu manges la bouche ouverte. Rien, pourtant, ne sera plus vrai ni mieux justifié.

Et si je me brouillais avec Philippe, ce serait parce qu'il tentait toujours de nier la querelle lorsqu'il revenait à vous, l'air de prétendre qu'on demeurait les meilleurs amis du monde, quel qu'eût été le nuage, et que ce serait mesquinerie que d'y faire allusion ! Or, où était-elle la mesquinerie, sinon du côté de ce misérable ?

Mais je ne sus pas le lui dire, n'ayant pas saisi sur-le-champ ce qui m'agaçait dans cette silhouette décoiffée et en vêtement de nuit, avançant vers moi les bras tendus. Je cherchais au contraire à m'adapter à la situation, partagée entre le désir de faire encore meilleure et plus comédienne figure que lui, et un début de lucidité qui m'enjoignait de ne pas entrer dans son jeu, mais de lui exposer brutalement ce que j'avais sur le cœur. N'ayant pas choisi entre l'une et l'autre conduites, je l'embrassai avec raideur, en murmurant d'un ton désagréable quelques paroles à double sens ; avec pour seul résultat de paraître grinchue.

Dépitée, je me tournai vers la fenêtre, louant la vue. C'est le réflexe de tous ceux qui ont raté leur scène. Autant valait lancer un poulain sur sa piste favorite ; m'entourant les épaules de son bras, Philippe entreprit aussitôt de me détailler chaque point de la baie, y faisant germer, à mesure, projets et promesses. Son enthousiasme était sincère, il était ravi de m'avoir là, de me dévoiler son domaine ; était-ce par amour de moi ou pour le plaisir, quel que fût son public, de faire l'important ? Je m'en voulus de ces doutes ; il faisait beau, c'était l'été ; Philippe,

ébouriffé, l'air pataud, me serrait affectueu-
sement contre lui. Il attendait que j'exprime
quelque désir ; de notre mésentente, si je
voulais, il ne serait plus question. N'était-ce pas
la réconciliation idyllique que j'avais souhai-
tée ?

Or un flot de rancœur étouffait ces bonnes
réflexions ; plus je devinais le sourire clément
de mon hôte, plus je me sentais exaspérée, plus
je m'en voulais de cette irritation ridicule. Voilà
quelle était l'habileté de Philippe : sa nature,
sans que je sache comment, prenait en ce
moment le dessus sur la mienne et semblait plus
généreuse.

Ce furent nos derniers beaux jours. Nous quittions la maison isolée pour chercher des plages
bien désertes et ne rentrions qu'à la nuit, hébé-
tés, heureux. Le soleil et la mer faisaient ce
miracle : ils nous clouaient aux moments
présents. Provisoirement j'avais cessé d'en
appeler à l'avenir, comme je le faisais d'ordinaire, pour qu'il me dédommage des malheurs
passés et m'arrache aux difficultés de l'heure.

Et puis je ne souffrais plus, auprès de Philippe et
d'Odile, du perpétuel sentiment de privation qu'ils
me donnaient à leur insu ; pour une fois, ces
fugaces humains m'écrasaient de leur présence. Ils
se secouaient de la mer comme s'ils renvoyaient à

sa place le vaste animal liquide ; les traces miné-
rales du sel achevaient de parer leur corps nu de
majesté. Je les observais entre mes paupières
mi-closes : gros dieux regorgeant de vertus et de
défauts, il fallait les prendre au jour le jour. Chaque
journée, dans ces conditions, semblait une éternité.

Nous nous réveillions étonnés qu'il pût s'en
lever une nouvelle ; on se précipitait dehors en
vêtements de nuit : c'était encore la même terre
sous la même lumière que la veille, cette aube
serait encore pour nous.

Tant de beauté au lever du jour me faisait
battre le cœur comme rien d'autre au monde ;
mais je n'aimais pas cette émotion, brusquement
elle me faisait craindre la mort. Je croisais les bras
sur ma poitrine pour contenir mon angoisse. À ce
moment, Philippe apparaissait, embroussaillé,
indifférent à ce qui l'environnait ; il cherchait du
café et surtout de la compagnie. Je devinais qu'il
n'eût pas vécu un quart d'heure sur une planète
déserte. Cette idée me faisait rire, je revenais près
de lui, délivrée de mon émotion.

Nous n'avions pas discuté du passé ; Philippe
s'était arrangé pour me faire entendre qu'il eût
été sot, sinon grossier, de vider en plein jour une
nauséabonde querelle. Je m'étais rendue devant
ce piètre obstacle et nous étions demeurés dans
des relations troubles où Philippe évoluait avec
aisance, plaisir presque.

J'y étais moins heureuse. Tout en désirant terminer là notre liaison, je supportais mal que cela se fît sans explication, sans qu'un mot en rendît compte. N'était-ce pas nier le passé ? Y attacher quelque chose de honteux ? Et puis, cela ne marquait pas suffisamment que nous en étions sortis. Un mot, une phrase eussent permis de dissiper cette équivoque. Philippe s'y refusait. Tout en lui cédant, je ne pouvais toujours réprimer un regard mauvais, un geste vif comme un coup, un mot mordant. Crainte de me fâcher, ou génie de l'insulte ? Philippe redoublait d'égards, ambigus comme à dessein.

Tant d'ardeur déployée pour tenter de se dire qu'on ne veut plus s'aimer ! C'est dans ces scènes dites de rupture qu'on introduit la plus large part de sentiment, de flamme. Philippe s'y plaisait énormément ; plus je croyais me reculer, mieux je faisais son jeu. Et moi-même je n'étais pas tout à fait sans apprécier ce ballet de mimiques, d'avancées et de retraits. Nous tressaillions ensemble pour un mot à double sens ou une chanson familière ; il passait près de moi et je retrouvais derrière son odeur, l'autre, plus affreuse, animale et parfumée de l'amour.

Comment se retirer de ceux que l'on aima ? On tente de les faire rentrer dans la foule, de les juger à l'aune commune ; devant des étrangers, on parle d'eux avec un détachement peu difficile à feindre. Comédie. Ils ne sont plus de la même pâte que le reste des hommes. Ils furent notre corps ; on ne peut l'oublier. Voilà qui fait mal.

Mais j'avais un bonheur : ne plus mentir à Odile. Cela définit bien le mensonge : c'est une solution inélégante. Qu'on cesse d'y recourir et, dès le lendemain, on ne se sent plus coupable, fier au contraire d'avoir trouvé mieux, tout prêt à s'en vanter ouvertement.

Odile semblait contente. Elle nous traitait, Philippe et moi, un peu de la même façon, ce qui me flattait, prêtant attention à nos paroles, sollicitant également nos conseils sur les itinéraires à suivre ou la façon de mettre en marche un moteur. Puis elle se jetait à la mer, nageait longtemps en s'éloignant vers le large. Alors Philippe et moi nous trouvions à nouveau réunis pour nous irriter de son absence, mais, cette fois, en nous jurant mutuellement qu'elle en entendrait parler à son retour.

Elle prenait en riant nos récriminations et nous avions l'air, l'un morigénant, l'autre frictionnant, de deux parents trop prudents. Odile se moquait de nos soins sans plus soupçonner que nous, probablement, l'obscur remords qui les dictait.

Ensuite nous allions déjeuner sur le port, sous un parasol, trop abrutis pour parler, regardant s'allonger les ombres de l'après-midi. L'ai-je cherché, encouragé, ou me suis-je contentée de demeurer trop passive ? Au bout de quelques jours, je m'aperçus que je rencontrais plus souvent la main de Philippe sous la table, ou son regard. Lorsque nous montions dans la voiture, il laissait le volant à l'une d'entre nous et s'installait au milieu, un bras passé autour de nos épaules. Où commence l'équivoque ? À partir de quand la réaction défensive d'une fille se change-t-elle en assentiment ? C'était moi que j'accusais de mauvaises pensées, et non la situation d'être trouble ; ce grand corps triple que nous formions me paraissait parcouru par la tendresse, il eût été coupable de s'en arracher. Odile ne voyait-elle pas que j'étais dans les bras de Philippe ? Pourquoi se taisait-elle ? Quelque chose lui déplaisait ? Or, loin de s'émouvoir, elle nous enjoignait d'aller nous allonger sur la terrasse tandis qu'elle préparait les quelques plats qui composaient le dîner. Nous proposions d'une seule voix de l'aider, elle nous adjurait de n'en rien faire. « Obéissons », disait alors Philippe en me prenant la main. Nous allions nous étendre côte à côte sur la terrasse. Le calme était admirable.

On se demande toujours, une fois le danger passé, par quel aveuglement la claire conscience de la situation nous fut alors refusée. Mille choses tournaient dans ma tête : la marche des étoiles, la robe que j'allais mettre le lendemain, si j'avais bien posté mon courrier, et comment je pourrais m'y prendre pour faire accepter à Odile de partager les frais du séjour ; mais pas une fois je songeai que nous étions sur une corde raide, qu'il me faudrait sans doute choisir entre Philippe et Odile ; ou qu'Odile allait brusquement se trouver confrontée à un drame.

M'eût-on raconté cette histoire, j'y aurais vu d'emblée mille implications morales avec, en tous les cas, un nombre limité de solutions, mais inévitables. Or, dans la tranquillité de ces nuits de septembre, je ne voyais rien de menaçant ni de tendu. N'avions-nous pas tous besoin les uns des autres ? Pourquoi fallait-il que quelque chose survînt, qui nous séparât ?

Le soir, quand je regagnais ma chambre, Philippe me laissait partir avec regret ; mais j'étais trop épuisée par la journée de plein air pour y prêter grande attention, et mes rêves nous réunissaient.

C'était oublier que nous n'étions pas seuls au monde.

Une femme que je connais ne peut se rendre à une réunion sans énoncer auparavant d'un air gourmand : « Il va se passer des choses... » Elle a raison : en présence de beaucoup de gens, rien ne sera dit de personnel, ni découvert de nouveau, mais ce qui était en germe profite on ne sait pourquoi de ce milieu chaud et quelque peu malsain pour brusquement se déployer.

Un soir, nous nous rendîmes au casino. C'était une promesse que nous avions faite à Philippe et qui devait célébrer la fin du séjour. Pour l'occasion, Odile et moi endossâmes des toilettes décolletées qui mettaient en valeur les dos musclés et bruns que nous avait valus la nage. Philippe était aux anges, invulnérable à la moindre ironie.

La ville où se trouvait le casino était distante de quelques kilomètres. Nous étions encore dans la sauvagerie de la campagne lorsque, à la façon dont Philippe ouvrit les portières pour nous engager à monter dans la voiture, je compris qu'il était déjà dans sa comédie. Il m'agace toujours de voir quelqu'un ajuster son visage à ce qu'il estime d'une situation ; mais qu'il procède à l'avance à cette mise au point m'est aussi pénible à voir qu'une dégradation.

Refusant la place qu'on m'offrait à l'avant, je me jetai à l'arrière, sans égards pour ma jupe. Cette sortie ne me plaisait déjà plus, mais, au lieu de m'en abstraire, je m'y enfonçai plus encore, comme si j'espérais par mille petites rebuffades en réduire les maléfices.

Or l'on n'interrompt pas un concert, fût-ce en se démenant, et c'était pure symphonie, pour Philippe, qu'une soirée mondaine après tant de jours de jeûne. L'arrivée au casino, le bruissement de nos robes sur les marches, l'obséquiosité du personnel, l'or des lumières, la haie des regards, devant tout ce décorum je passai haut la tête, m'imaginant que mon air de défi allait me qualifier comme étant hors jeu ! Or c'est tout le contraire : à faire des manières, on renforce la théâtralité et l'affichage de mon dédain ne surprit personne.

En ces occasions, d'Odile je n'avais rien à attendre. Je ne sentais derrière moi qu'une sorte d'aveugle souriante, que je désirais à la fois protéger et bousculer.

On nous conduisit à une table ronde et fleurie, assez bien placée. Ce qui m'agaçait le plus, c'est qu'à ce supplice je prenais plaisir : on est tant privé de fête qu'à tout ce qui y ressemble, fût-il approximatif, l'on trouve du charme. Et des prétextes pour laisser courir ses rêves : dans la nostalgie de la véritable splendeur, à ce qui m'était proposé je superposais un autre décor, une autre musique, m'enivrant de la jeune beauté de mes amis et de cet air de griserie dont les auréolait peut-être le champagne que je buvais.

On est habité par les autres, un visage qu'on voit, un cœur qu'on soupçonne. C'est de ces images que nous vivons. Un jour ce visage et ce cœur parlent – et parfois c'est horrible.

Philippe invita Odile à danser non sans m'avoir priée de l'excuser de me laisser seule. Le formalisme de la politesse ! Ce garçon qui m'eût allègrement bousculée dans un escalier s'il se fût agi de son plaisir ou, pire, de sa peur, je l'examinai penché vers moi dans la plus vive des sollicitudes. Or, à quoi me laissait-il exposée ? À demeurer en compagnie de mes songes dans la tiédeur d'un lieu embaumé du parfum de mille fleurs et les spirales d'une moqueuse musique !

Mais j'apparaîtrais comme étant seule, et c'est ce qu'on admet mal des femmes dans un endroit dont elles sont le fleuron (à faire la queue devant une boulangerie on n'est plus femme !). Ce qui demeure de viril dans nos sociétés répugne à les voir solitaires, comme autant de menaces ; à moins qu'elles n'aient le bon goût de paraître malheureuses.

Et si Philippe me demandait de lui pardonner de me laisser à moi-même, c'est qu'il avait le sentiment qu'en l'excusant j'admettrais qu'il pouvait y avoir offense.

Ce que je perçus en un instant. Toutefois, prise de court, au lieu de me moquer de lui, je pris une voix pointue : « Mais pas du tout, pas du tout... », en même temps que je laissais mon regard le traverser, cherchant par là à lui signifier que j'étais capable de me suffire, de trouver des intérêts divers à ma solitude, et même d'être heureuse et tranquille.

Mais pourquoi l'aurait-il entendu, puisqu'il n'y tenait pas ?

Il s'éloigna avec Odile et tout demeura de la sorte, discordant.

Mais parce que je m'en étais mal tirée, je crus percevoir autour de moi, comme une masse gélatineuse, mille regards qui surveillaient ma gêne. Un instant je demeurai les yeux sur mes mains devenues lourdes et gourdes, et puis, d'un coup de nuque, je relevai la tête. Personne ne faisait attention à moi et tout rentra dans l'ordre ; les figures fantastiques que j'avais cru entrevoir dans l'ombre n'étaient que de médiocres dîneurs que je voulais croire d'une rassurante bêtise.

Je cherchai sur la piste Philippe et Odile ; ils l'avaient quittée pour s'approcher d'une table où ils paraissaient avoir retrouvé des connaissances. Bientôt Philippe se dirigea vers moi de l'air réjoui et un peu absent de ceux qui ne sont plus eux-mêmes, mais en mission : « Ce sont, me dit-il, les T... » Et il bredouilla quelque chose où je devais comprendre qu'il s'agissait de personnes de quelque importance, quoique lui, Philippe, ne s'en laissât guère conter.

Nous en étions à cette heure tardive où l'on n'a d'autre choix que céder ; je le suivis. Philippe fit sonner mon nom, qui ne représentait rien, comme s'il avait dû, aux oreilles tendues, évoquer batailles, succès – ou faire peur ! À l'air souffrant que prirent les visages, je vis bien que c'est en vain qu'on y cherchait un écho, mais le coup avait porté. On me fit largement place, on m'abreuva.

Percevoir l'affectation des voix, des questions, est ineffable. « Mais de quoi s'agit-il ? Est-ce à moi que l'on s'adresse ? », me demandai-je tout en courant après mes idées en déroute. Un jeune homme à mes côtés voulait savoir si je ne trouvais pas que l'eau était plus froide, toutes époques égales, que l'année passée, et ce que je pensais de l'orchestre... Je n'avais de sentiment ni sur la température de l'eau, ni sur l'orchestre qui me paraissait hors jugement, et ses questions me laissèrent stupide. Cela se vit, on se détourna de mes bredouillements ; j'eus la vanité insensée de m'en vexer !

Face à moi Odile riait, plaisait ; elle avait la même voix claire, qui me paraissait plus claire encore du fait que j'en étais réduite aux monosyllabes pâteuses.

C'était son miracle, elle ne jouait pas la comédie, elle ne mentait pas : elle disait ce qu'elle pensait, comme toujours, comme à n'importe

qui. Et sa simplicité, si touchante ailleurs, devenait ici le mieux réussi des artifices. « L'eau est
chaude au bord de la plage, disait-elle, plus
froide au large ; on y rencontre de grands
courants qui vous saisissent. » Ces mots vrais
donnèrent à rire, on y vit mille implications. Et
Philippe, qui allait au succès comme à la
lumière, se réjouissait, interrompant Odile pour
ajouter un mot, la contredire. Alors elle
s'enflammait, incapable de voir qu'il faisait
exprès de la pousser. L'intérêt bien monté, il
sentit le moment venu de s'emparer de l'audi-
toire, de sortir une anecdote : « Ma femme... »,
commença-t-il.

Ces mots me transpercèrent ; ils trahissaient
une telle habileté pour saisir à son profit ce qui
venait d'un autre. J'y vis une exploitation
d'Odile et comme une insulte à mon égard. Dans
une rage absurde, j'envisageai de me lever pour
crier que cet homme qui parlait de sa femme la
trompait, et en sortir des preuves, par nous deux
pour commencer !

À ce moment, Odile, qui voulait peut-être
détourner d'elle l'attention, se pencha vers moi :
« Tu es bien ? » Il y avait dans sa voix une timidité angoissée. Alors que je m'étais laissée
emporter par ce qui émanait d'une situation que
je prétendais dominer, elle était demeurée la
même, inquiète de mon opinion, craignant de me

gêner par l'expression de sa sollicitude. Je me
sentis une naine à côté d'elle ; je saisis sa main :
« Je suis bien. » Entre elle et moi il ne pouvait y
avoir de distance, de rivalité ; si je cédais un
instant à cette pente, c'était quand Philippe
m'exaspérait par ses manèges.

Et toute mon indignation se concentra sur lui
qui continuait son personnage de prince consort,
invitant pompeusement Odile à danser, puis la
serrant contre lui, les yeux mi-clos.

Il y avait dans son attitude de l'émotion vraie,
et je savais qu'il n'eût pas compris que je lui en
fisse reproche ; c'étaient les sources de son
émotion qui étaient impures.

Mais des êtres tels que lui ne peuvent être
confondus, car ils ont le génie de se croire de
bonne foi et, à leurs yeux, ils ont, ils auront
toujours raison. Il n'est qu'une façon de les
confondre : en utilisant la même arme qu'eux, la
mauvaise foi, l'arbitraire.

Mais, entre Philippe et moi, il était trop tard.

Tout le temps du retour, je rongeai mon
frein, ressassant les paroles blessantes que je
dirais enfin à Philippe pour lui signifier
qu'entre nous, il n'y aurait plus à l'avenir que
des relations affectueuses, distantes ; je ne
voulais plus de ses baisers ni de ses caresses
équivoques.

Nous parcourûmes le trajet dans un silence total. Odile sommeillait comme à son habitude dès qu'elle se couchait tard ; Philippe, légèrement ivre, s'absorbait dans la conduite de la voiture. La route dominait la mer étale, mais je n'avais pas envie d'y déployer mes songes.

Quand nous nous arrêtâmes devant la maison, la lune bleuissait les oliviers ; ces lueurs dansantes disposent mal au sommeil et Philippe proposa d'aller se promener dans les vignes. Odile refusa, comme il était à prévoir, et voyant là une des manœuvres de Philippe qui, après s'être paré de sa femme toute la soirée, entendait probablement se rapprocher maintenant de moi, je pensai l'occasion venue de le faire tomber de son haut. En même temps j'avais le cœur serré : disposée à sauter l'obstacle, j'eusse préféré que ce ne fût pas sur-le-champ. Mais je me repris.

Odile nous embrassa un peu distraitement et s'engouffra dans la maison. J'échangeai mes chaussures hautes contre des espadrilles et suivis Philippe par un chemin qu'on croyait ne pas voir et qui se distinguait sans doute, puisque nous ne le quittions pas.

Nous ne disions mot, chacun à nos pensées que je devinais assez mauvaises. Au haut de la colline, il s'arrêta et posa brusquement sa main sur mon épaule, une main ferme :

– Il faut que tu m'excuses, je ne veux plus tromper Odile.

Prit-il mon silence pour un étonnement douloureux ? C'est d'une voix encore plus sourde qu'il continua :

– Ne crois pas que je n'en souffre pas, mais elle m'aime, nous avons des enfants, il faut que je demeure auprès d'elle.

Il avait le ton du mauvais traître : cette pensée me traversa vivement l'esprit – la seule qui parvînt à se formuler dans la confusion où je me trouvais. C'est que l'humiliation de lui avoir laissé l'avantage le disputait au soulagement que ce fût si simplement fini ; moi qui me tenais prête à affronter une pénible discussion, maintenant qu'elle m'était épargnée voilà que je me sentais abominablement privée de je ne savais quoi !

Qui ne pouvait être Philippe, puisque je ne voulais plus de lui ; et qui était tout de même Philippe, puisque je désirais encore le blesser et lui faire mal.

De plus, j'étais dévorée par quelque chose qui ne me concernait pas tout à fait, mais qui me rongeait peut-être plus que tout le reste : l'insigne fausseté des arguments que cet homme trouvait pour se défiler. Ils avaient si bien l'apparence de la vertu qu'il était impossible de lui en faire honte.

– Je comprends, lui dis-je, c'est très bien.

La moindre défaillance dans ma voix lui aurait fourni prétexte à se croire regretté ; la moindre rage, aussi.

Je me tournai vers un mimosa qui m'effleurait de ses feuilles pointues, j'en coupai calmement, à la racine, une longue branche. Je m'appliquai pour que mes gestes fussent précis, calmes, sans bavure. Puis je respirai profondément son parfum, la lune et la nuit.

On a toujours tort d'être vaincu, même si on le prend bien : on laisse régner le mal.

Quel goût de l'expérience, ou quelle obéissance à un engrenage dont je n'étais que l'instrument, me poussa à présenter Ralph à Odile ? Quand la vie semble se rétrécir comme un vêtement trop étroit, on songe avec incrédulité à l'époque où on y flottait au large parmi les nuées, au carrefour de tant de possibilités.

Mais on fouille en vain sa mémoire : à la racine de nos gestes les plus graves il n'y a jamais eu que nous-même.

Ce jour-là, de retour à Paris, j'avais rendez-vous avec Ralph. Comme Odile était avec moi, je la priai de m'accompagner ; elle accepta. Si leur rencontre n'avait pas eu lieu à cette occasion, une autre se serait présentée le lendemain, le surlendemain, car c'était mon vouloir.

Ils n'avaient bien entendu rien à se dire. Embarrassés chacun de confronter une personne vivante à l'image que je leur en avais tracée, gênés surtout de deviner que l'autre se livrait au même travail à leur propos. Rien n'est déplaisant comme de se sentir mesuré à un modèle, eût-on la fatuité de penser qu'on l'emportera sur lui. Dans ce bar, désert à cette heure, autour d'une table de bois dont je suivais les veines de l'ongle, je fus d'abord la seule à parler ; un rôle qu'on m'abandonna avec tant d'empressement que j'aurais pu dire n'importe quoi, on y eût consenti, applaudi.

Et je disais n'importe quoi, d'un ton sentencieux, quoique dans l'humilité tant je sentais qu'en causant de tout et de rien je rendais service. À les voir, main autour d'un verre, langue lourde, on aurait pu se demander si c'était la timidité ou l'ennui qui gagnait ; les connaissant, je discernai chez l'un comme chez l'autre un délirant désir de plaire.

Ralph posait des questions sur la mer, les plages, toutes choses dont il se moquait bien. Odile faisait appel à moi à chacune de ses réponses, sollicitant ma confirmation, évoquant un souvenir dont j'étais l'acteur brillant et principal.

Je laissais faire sans me défendre. Avais-je à me défendre ? Il est drôle que ce mot me soit venu : que se passait-il donc que je n'eusse désiré ou prévu ? Une mélancolie m'envahissait cependant, mais pour rien au monde je n'eusse pris l'initiative de me mettre entre eux pour les séparer. Je n'avais qu'une envie, partir, m'enfoncer dans la nuit.

Je réclamai un autre alcool, je n'avais pas l'habitude de boire et c'était le besoin d'une brûlure, d'une douleur qui me dicta cette demande. J'avalai d'un coup le breuvage, m'installai dans son vertige. On parla voitures, théâtres, films. Je connais bien cette filière, c'est en la longeant qu'on en vient aux projets.

Que peuvent en effet deux personnes délicates qui désirent, sans le soupçonner elles-mêmes, se revoir, se fréquenter, s'aimer peut-être ? Elles ont bien des choses en commun, des relations, une ville, une saison, des goûts, une langue, et pas de projets. Pas le moindre projet. On échange alors, comme on ferait de cartes de visite ou comme on laisserait traîner le coin d'une écharpe, le titre de spectacles. Et si celui à qui l'on parle du film que projette le *Marignan* vous répond « Je l'ai vu », ce sera sur un ton rogue, tant il sait qu'il se montre alors blessant ; vous le serez à votre tour en laissant tomber : « C'est très bien » à propos d'un spectacle du *Vendôme*.

Finalement, on parvint à ce que l'on cherchait : un double « Je ne l'ai pas vu ! » au sujet d'une reprise de quartier dont le nom m'était venu pour y avoir récemment assisté. Puis une hésitation, mais jamais je n'ai pu résister à un appel muet (là probablement serait le vrai courage) :

– Vous devriez y aller ensemble, dis-je, c'est fait pour vous.

Délicieuse mais horriblement brève satisfaction du démiurge. Ils me sourirent comme on remercie, se turent ; déjà leurs regards n'étaient plus là, ils suivaient le fil du projet.

Moi, je contemplais mes mains vides que je tenais serrées sur la table ; je m'obligeai à les ouvrir, à les allonger, paumes en l'air.

Et puis je ne m'en occupai plus. Voilà probablement ce qui est impardonnable : disposer les explosifs, puis se retirer sur la pointe des pieds comme si l'on n'était pas dans le coup ; qu'eût sonné l'heure de la relève.

Si je pensais à quelqu'un, c'était plutôt à Philippe. Je ne me consolais pas de m'être une fois de plus laissée humilier par ce garçon, plus exactement distancer. Philippe s'arrangeait toujours pour se raconter les choses à son avantage, se donner le beau rôle, sortir du moindre combat avec les honneurs de la guerre. Prête à tout comme je l'étais, comment n'avais-je pas trouvé le moyen de le faire au moins trébucher ?

À qui en voulais-je le plus : à lui, à moi ? Cela variait selon les heures et mes songeries.

Parfois, ma rancune se portait sur Odile. Ainsi procède la conscience : la mienne ne connaissait qu'une direction, n'avait qu'un but – tout ce qui s'en approchait était bien, mal le reste. Il me fallait de lourdes réflexions, faire appel à l'opinion publique, méditer sur l'histoire universelle, raviver de vieux préceptes inculqués par les maîtresses d'école ou un aïeul pour m'ébranler un peu : « Comment oses-tu, me disais-je pour me faire honte, reprocher à cette jeune femme que tu trompes de se laisser abuser ? »

J'avais beau me rudoyer, la honte ne venait pas. Mes griefs envers Odile se maintenaient : pourquoi encourageait-elle Philippe dans sa vanité et son aveuglement, pourquoi le laissait-elle se conduire en grand enfant ?

Odile, je la vis souvent au cours de ces semaines-là et je ne tentai pas une fois de lui confesser ce qui me préoccupait. Comme il est étrange de penser à un être tout le jour, d'imaginer avec lui mille conversations, des scènes où on le bat, le confond, l'embrasse, tout en sachant fort bien qu'on va le voir sur le coup de six heures et que de ces délires-là il ne sera pas question ! Pour moi, la réalité avec Odile résidait dans la platitude de nos propos, le conformisme de nos gestes. Le reste, je l'inventais.

Est-ce pour cela que je ne lui posais pas de questions au sujet de Ralph ? Pour rien au monde je n'aurais avoué l'émotion que j'avais ressentie lors de leur première rencontre, convaincue qu'il ne s'agissait que de fantasmes, d'une scène que j'aurais pris plaisir à me jouer.

Pourtant la réalité était bien là : ils étaient allés ensemble voir le film que je leur avais conseillé. Quoi de mal à cela, quoi de bizarre, quoi même de romanesque ? L'atroce platitude de l'évidence me désespérait ; en même temps, je m'y raccrochais résolument, convaincue que tout ce qui me traversait par ailleurs l'esprit n'était que jeu de mon imagination oisive.

Lorsque Odile me demanda d'une voix qui se voulait neutre – nous descendions un escalier – « Ne dis pas à Philippe, s'il te plaît, que je suis sortie avec Ralph », j'eus un coup au cœur.

Mais j'étais disposée à la renier, cette émotion, me l'expliquant ainsi : j'avais trop rêvassé à leur propos, les derniers jours, et mon tressaillement ne concernait que moi. La réalité était que nous descendions des marches, moi devant, Odile derrière, un point c'est tout ; aussi, que Philippe était d'un tempérament jaloux, bêtement, sans motif, et qu'Odile, douce, qui le savait, n'aimait pas les scènes. Pourquoi chercher plus loin ?

– Bien sûr, concédai-je, rassurante.

Odile n'ajouta rien ; et Ralph, à qui je téléphonai le lendemain, me sembla parfaitement
normal, acceptant de dîner avec moi le soir même.
Chacun était à sa place, solide, immuable, bous-
solé ; moi seule voguais de l'un à l'autre, araignée
tissant ses toiles pour se capturer elle-même.

On pourrait se dire que nous avions des existences bien vides, vierges de travaux, entière-
ment livrées aux songeries. Il n'en était rien :
chacun de nous possédait son métier ou ses
occupations et, si nous n'étions pas esclaves
d'horaires impérieux, une vaste partie de nos
journées se passait à ne rien vivre, c'est-à-dire à
tâcheronner.

J'expédiais des travaux littéraires, critiques,
traductions ; Ralph s'employait dans je ne sais
quelle agence et Odile recommençait tous les
matins les mêmes gestes : lever les enfants, les
nourrir, les sortir, les rentrer, tâches qui se multi-
pliaient à mesure que croissait leur nature.

Mais, une fois ces heures d'activité écoulées,
il ne nous en restait rien, on eût dit de plates et
gelées lagunes où nous avions glissé d'un bord à
l'autre, décidés à ne plus y repenser avant le
lendemain, sans même en conserver la poussière
du voyage.

Ainsi est la jeunesse : elle commence à vivre
là où les autres s'endorment. Dire que si nous

avions plus travaillé, il nous serait resté moins de temps pour nos aventures, n'a pas de sens : il nous aurait fallu plus de temps pour les mener là où nous voulions et nous y serions parvenus quand même.

En ce domaine, le temps ne prouve rien.

Je me retourne en esprit et Odile est là, prête à tout recommencer. Avec moi.

C'est au cours d'une de nos promenades qu'elle me parla pour la première fois de Ralph et d'elle-même. Les journées d'automne se faisaient plus courtes, plus dorées, et ce soir-là nous n'étions pas plus tôt dans le bar où nous avions rendez-vous pour le thé que nous décidâmes d'en sortir et d'aller au Bois. Après l'avoir exécré, nous commencions à prendre goût à ses apprêts : allées faussement désertes, bosquets mal fournis, et cet air de volaille plumée qui ne fait illusion qu'en voiture ; ce bois urbain commence à sentir non plus l'odeur du luxe, mais celle, douceâtre et terrifiante, de la décomposition : il doit être temps de l'aimer.

Odile ne m'avait jamais fait de confidences ; aussi la croyais-je incapable de parler d'elle autrement qu'en bredouillant. La surprise de son attaque, sèche et précise, m'empêcha tout d'abord de bien entendre son discours.

– Il faut, me dit-elle, que tu t'occupes de Ralph ; c'est un enfant, et il est triste. Sors-le, emmène-le au cinéma, distrais-le. Moi, je ne peux pas continuer à tromper Philippe.

J'avançai quelque temps sans lui répondre ; il commençait à faire nuit. À prétendre que j'étais au courant de sa liaison avec Ralph, elle me prenait au dépourvu ; et puis, un sentiment dont je connaissais mal l'affreuse étreinte me broya : celui d'être exclue de ce qui les liait.

Une seconde, je me laissai effleurer par l'idée que Philippe l'était également et qu'il n'en méritait pas moins ; joie mauvaise dont je me repentis aussitôt, craignant d'en être punie. Odile se taisait. Il fallait parler.

– Mais, dis-je à tout hasard, pourquoi veux-tu qu'il sorte avec moi, puisque c'est toi qu'il aime ?

Odile s'arrêta, frémissante, les muscles noués ; elle me prit par les épaules :

– Ça n'est pas vrai, il t'aime aussi. Et puis, je veux que ce soit toi.

Démence. Pourtant, c'était elle et moi, nos voix sonnaient presque naturelles. D'ailleurs, je ne voulais pas que ce dialogue ne fût pas naturel, autre que celui pour lequel je m'étais préparée, identique à ceux que nous avions si souvent ensemble et qui ne nous engageaient à rien.

– Si tu veux, je veux bien. Il est gentil, Ralph.

J'avais tort, quelque chose en moi grondait que j'avais tort de me ratatiner de la sorte, de ne pas prendre les coups en face. Par pitié pour moi j'ouvris les bras, l'embrassai :

— Tu n'es pas triste ?

Elle appuya sa tête sur mon épaule.

— Si.

— Mais tu l'aimes ?

— Je ne sais pas.

Je relevai son visage, yeux sans lumière, bouche qui ne parvient pas à sourire. Sur un tel visage, au cinéma, je me serais apitoyée ; mais là, que signifiait-il ? Que voulait-il de moi ? Je n'avais pas idée de ce qu'on doit faire en pareil cas. En moi c'était le silence ; tout au loin, peut-être, un mécanisme s'était mis en branle et grinçait : « Et toi, qui aimes-tu, qui aimes-tu ? qui aimes-tu ? »

Question que je jugeai inopportune, que je fis taire. Il me fallait être décente, avant tout me méfier des trop belles avenues que m'ouvrait la revanche, et je prononçai ces paroles imbéciles :

— Il faut surtout faire ce que tu sens.

Mais j'obéis à Odile : je téléphonai à Ralph dès le lendemain, le convoquant pour la soirée. Depuis la conversation de la veille, je me trouvais dans un état d'émotion intense dont je discernais mal la cause. Tantôt la fureur me prenait à l'idée qu'une des raisons des malentendus entre Philippe et moi était l'incapacité où nous croyions Odile de songer à autre chose qu'à son amour pour Philippe, or, maintenant, voilà qu'Odile en sous-main... Quand je me représentais cet amour nouveau entre elle et Ralph, un abîme se creusait en moi.

Ralph arriva et je le regardai autrement, mais je ne lui dis rien. Mille phrases pourtant m'étaient venues à l'esprit au cours de la journée ; j'avais passé par tous les extrêmes : les encourageant à la fugue, parlant morale, les invitant à venir habiter avec moi... Tous ces fantasmes me parurent ridicules devant le calme visage de Ralph, à tel point que je doutai même de la véracité des confidences d'Odile. Sauf en ce qui concernait la tristesse : il était triste.

Nous allâmes dîner, puis au cinéma : l'habitude me reprenait par la main.

Après le cinéma, nous marchâmes un peu au hasard ; j'avais passé mon bras sous le sien. Voilà ce que l'on ne saura jamais, ce qu'on exprime par son silence : étais-je différente des autres soirs ? Était-ce Ralph ? Que lui avait dit Odile ? Cette Seine, qui vide continûment Paris telle une hémorragie, nous attira, comme elle fait chaque fois que l'on ne songe pas à ses pas. Nous allâmes, fascinés, jusqu'au bord de ses berges. Il y avait dans nos mouvements une sûreté hypnotique ; je m'adossai contre une palissade qui protégeait une grue. Ralph m'entoura de ses bras.

Autrefois j'avais déjà senti ses lèvres sur les miennes, ce n'étaient plus les mêmes.

Au loin grondaient des moteurs, tournait la terre – ici tout était immobile. Malgré moi je soufflai : « Odile ». C'était lui dire que je savais. Sa voix répondit vite, blessée : « Je ne l'ai pas vue depuis une semaine. » Elle m'avait donc dit vrai. J'insistai : « Pourquoi ? » Je ne m'attendais pas à la réponse, elle m'atteignit très vite comme si elle n'avait pas eu à se frayer un chemin :

– C'est vous qu'elle aime.

Je ris bêtement.

Qui eut l'idée de cette soirée ? On ne pouvait sans perversité l'avoir sciemment organisée. Sans doute fut-elle l'œuvre de la négligence, deux rendez-vous pris à la même heure dont on décide, pour s'en tirer, de ne faire qu'un.

C'est dans un sombre cabaret du 5e arrondissement qu'elle eut lieu ; auparavant, j'avais dîné avec Ralph. Je ne songeais qu'à une chose : Odile, lui, leurs relations et le rôle que j'y tenais. Mais, aux premiers mots que je voulus en dire, il me rabroua avec une vivacité qui ne lui était pas ordinaire. J'acceptai fort bien ce parti pris du silence ; au fond je ne croyais pas beaucoup aux aveux d'Odile ni aux baisers de Ralph. Qui aimait-il ? Du reste aimait-il ? Il me fallait le savoir.

C'est pourquoi, au lieu de repousser la confrontation qui s'offrait, comme j'aurais dû le faire, étant la mieux avertie de ce qu'elle avait d'ambigu, je m'y précipitai avec une anxieuse impatience ; voulant me convaincre qu'il suffit de mettre en présence des corps vivants pour qu'explose la vérité de l'être.

Je me souviens du trajet que nous fîmes en taxi pour nous rendre au lieu du rendez-vous ; Ralph avait pris ma main, puis mon épaule, et je ne voyais de raison ni de lui retirer ni de lui laisser quelque chose de mon corps.

Je l'aimais bien. Je ne trompais personne ; rien n'interdisait ce geste, rien non plus ne lui donnait un sens. Réagir eût été stupide ; immobile et muette je m'engluais dans un temps qui n'avançait plus.

Philippe et Odile levèrent sur Ralph et moi un identique regard qui ne trahissait rien. Salutations, whiskys, cigarettes, ce fut tout. Rien de ce que j'avais espéré ne s'était produit. Mais qu'avais-je espéré : voir Odile sauter au cou de Ralph, Philippe renverser les tables ? ou que nous nous prendrions tous les quatre par la main, les larmes aux yeux ?

Je ne sais, mais je me sentis déçue, avec le désir de briser quelque chose, pour que se remue cette stagnation. La robe rouge d'Odile me caressa au passage et je pinçai furtivement l'un de ses gros plis bruyants ; elle dansait avec Ralph. Tout d'abord je n'osai pas les regarder, tant je présumais ce spectacle indécent, flagrant aveu de ce qui devait les unir ; j'observai Philippe, dans ses yeux je vis qu'il n'en était rien, il avait l'air que je lui connaissais bien, celui des soirées mondaines, agité et satisfait. Il m'invita à danser ; et ce qu'autrement je ne lui aurais pas accordé sans de longues négociations, je l'acceptai aussitôt : je me retrouvai dans ses bras.

J'y étais bien ; mon corps, lui, n'était au courant de rien. Par-dessus mon épaule je voyais Ralph et Odile, leurs visages ne se touchaient pas, ils gardaient les yeux ouverts. Je ne comprenais décidément rien au monde et m'y ennuyais.

Une soirée dans une boîte de nuit est comme un voyage en métro, on passe son temps à s'éviter les uns les autres, à crier très fort pour se faire entendre, à aller et venir entre d'étroits portillons. Mais j'avais leurs visages ; Odile portait haut la tête, la rejetant parfois en arrière, comme pour la tenir au-dessus d'un flot montant ; Philippe m'épiait, profitant pour me dévisager des instants où je regardais ailleurs ; il brûlait, je le devinais, de nous voir réconciliés, sa fierté réclamant cependant que je fisse quelque avance, une fierté que je voyais fondre à mesure qu'avançait la soirée.

Mais où était l'attention de Ralph ? Je ne parvenais pas à la saisir. Alors que je le croyais tout occupé d'Odile, il m'invita à danser, me serrant contre lui avec une chaleur à laquelle il ne m'avait pas habituée. Puis il mit sa joue contre la mienne. Je tentai de croiser le regard d'Odile : était-ce bien cela qu'elle voulait ? Odile nous avait-elle vus ? Elle parlait avec Philippe, brusquement pliée sur la table, penchée vers lui. Je ne tentai pas de repousser Ralph ; une étreinte, c'est l'aveu d'un désir ou d'un plaisir. Je ne sais pourquoi, j'avais beau sentir autour de moi les bras de Ralph, la douceur de ses cheveux contre les miens, je ne parvenais pas à croire que ce fût là de la tendresse. Si je ne croyais ni aux mots ni aux gestes, à quel signe me vouer ?

Généralement, c'est sans peine qu'on s'évade, à l'aube, d'un endroit où l'on a trop longtemps dansé ; or nous eûmes beaucoup de mal à partir ; l'addition était payée depuis longtemps, et sans cesse l'un ou l'autre réclamait comme une ultime grâce une dernière danse. Indifféremment je passais des bras de Ralph à ceux de Philippe. Je dis « dans l'indifférence », ainsi l'exigeai-je de moi, mais il n'est pas vrai que cela se fit ainsi.

Chaque fois que je m'arrache des bras de quelqu'un, fût-ce ceux d'un danseur occasionnel, quelque chose en moi se déchire comme en écho peut-être à quelque rupture première. En revanche, c'est avec bonheur que l'on prend la main de celui qui l'offre, qu'on se noue à lui dans un élan qui voudrait être de circonstance, mais qui traduit chaque fois l'espoir que de ces bras-là, du moins, l'on ne sortira jamais.

Ces joutes laissent épuisé, la bouche amère, mal enclin, quoi qu'on en pense, aux vraies caresses.

Odile et moi nous trouvâmes un instant seules près du vestiaire ; je l'aidai à enfiler son manteau, quand je voulus mettre le mien, elle posa ses deux mains sur mes épaules nues.

– Comme tu es belle, me dit-elle, on pourrait en mourir.

Je hais les compliments ; ceux-ci m'émurent. Pour m'être destinés, je sentis qu'ils ne s'adressaient pas à moi, qu'ils n'étaient pas faits pour me flatter. Au reste, Odile les avait murmurés pour elle-même, d'une voix lasse. Pour la première fois depuis longtemps, il me sembla que l'on venait de me dire la vérité.

La vérité n'était pas que j'étais belle, ni même qu'Odile pût en souffrir, la vérité était qu'en dépit de l'insignifiance apparente de nos propos, l'artificiel vernis de nos actes et de cette soirée, il se passait quelque chose de grave. De cela j'avais besoin, et cela, les mots, les yeux d'Odile me le donnaient.

Je la pris par le bras, dérangeai ses cheveux :

– Je t'aime, je t'aime.

Elle se dégagea doucement, eut un assez triste sourire :

– Mais non, dit-elle poliment.

J'avais dormi très tard et il devait être quatre ou cinq heures de l'après-midi lorsque Philippe surgit chez moi. Ouvrant la porte sur lui, je m'étonnai : il ne m'avait plus rendu de visites depuis le retour des vacances, nous ne nous étions pas même revus seuls ; il m'évitait soigneusement. Mais, tout de suite, devant son visage blafard, je trouvai une explication : la soirée de la veille l'avait ému, il désirait revenir sur ses résolutions. Et j'allais me diriger vers le salon, songeant à ce que je lui répondrais, déjà frustrée, puisqu'il était là, des satisfactions que je ne lui donnerais plus, quoi qu'il fît, lorsqu'il prononça sèchement une phrase que j'entendis mais que je ne saisis pas.

« Ah, je le savais ! » – c'est généralement ainsi que l'on accueille le malheur. Moi je ne savais rien, je ne me doutais de rien, et je fus d'abord sourde à ce que disait Philippe.

Il avait son air ordinaire, même un sourire, et je lui fis répéter plusieurs fois sa nouvelle : Odile s'était tuée.

Je n'y croyais pas, mais je m'assis sur un divan et mon tremblement m'inquiéta, m'avertissant que cela devait être vrai.

Philippe, voyant progresser mon angoisse, se mit lui aussi à trembler, à s'agiter, laissant voir une nervosité qu'il m'avait d'abord celée.

Il parlait très vite, donnant des détails, racontant dans un ordre minutieux comment les choses s'étaient passées, puis comment il les avait découvertes. Les mots, les images se pressaient avec une netteté parfaite qui contrastait avec son débit machinal, comme s'il récitait par cœur un texte auquel il ne comprenait rien.

Et il recommençait à me décrire comment elle et lui étaient rentrés, s'étaient couchés. Au milieu de la nuit, il avait entendu Odile se lever et elle l'avait rassuré en lui disant qu'elle allait prendre un verre d'eau.

Il s'était rendormi sans l'avoir vue revenir. Au matin seulement, il s'était aperçu qu'elle n'était plus à ses côtés, mais il avait pensé qu'elle était déjà levée. Puis il l'avait cherchée partout, sans s'inquiéter encore. Jusqu'au moment où le commissariat avait téléphoné, lui demandant s'il possédait une voiture, et qui la conduisait.

Lorsqu'il reprenait son récit, chaque fois je me mettais à espérer, tant les détails étaient ordinaires, solides, familiers, que son histoire allait se terminer autrement, que c'étaient de nouvelles chances qu'il donnait à Odile ; qu'elle allait revenir se coucher après le verre d'eau, ou bien qu'il la retrouverait en se réveillant, le lendemain, qu'on allait lui dire au téléphone que l'accident n'avait pas été fatal, qu'à l'hôpital on lui apprendrait qu'on s'était trompé à ce sujet.

Mais, chaque fois, son histoire se terminait de la même façon ; il trouvait même un détail encore plus affreux sur la manière dont elle s'était habillée, ou dont on lui avait croisé les mains, qu'il évoquait d'une voix monocorde, se soulageant un peu de m'infliger cette blessure, et moi sachant – tout en ne réagissant pas – que je la recevais en plein cœur.

Un malheur, ça n'est pas fait pour s'apprendre avec des mots, ils sont trop lents, trop brutaux ; aussi implorent-ils qu'on y revienne, qu'on les dispose autrement. Et puis Odile était bien autre chose que des mots, ils ne suffisaient pas à la contenir, elle les débordait de toutes parts et j'avais envie de crier à Philippe qu'il nous fatiguait, elle et moi, avec son discours. Si Odile était morte, alors elle était là, en moi. Et si elle était là, c'est qu'elle n'était pas morte.

– C'est parce qu'elle t'aimait, me dit Philippe.

Et il me jeta, pour la première fois depuis son arrivée, un vrai regard.

Je le fixai avec horreur. Que comprit-il ? Il s'approcha de moi, posa la tête sur mes genoux ; il voulait des consolations, c'était ce qu'il était venu chercher. Tout ce qu'il avait dit, et le plus atroce, n'était-ce pas pour me faire pitié ?

À peine sentis-je le contact de sa peau, de ses cheveux, que je me dressai ; c'était comme s'il avait été d'une autre nature, froide, visqueuse. Tout ce sang dont il m'avait entretenue, ces démarches mortuaires flottaient autour de lui, l'enveloppant, le séparant de moi. Dégoûtantes sécrétions dont il eût été responsable.

Je le jetai dehors, lui et son cadavre.

Peu de temps après, je partis à la campagne. Je n'étais pas allée à l'enterrement ; enterrer quelqu'un, c'est consentir à sa mort, on ne pleure tant que parce qu'on l'accepte. Et puis, je savais que Philippe, tout désespéré qu'il fût, avait conservé assez d'esprit pour considérer qu'il valait mieux camoufler l'affaire en accident. C'est une politesse qu'on veut faire à ceux qui viendront exprimer leurs condoléances, sachant trop qu'un suicide est un cri d'amour jeté à tous ceux, même inconnus, qui l'entendent.

Étouffer ce cri semblait trahir celle qui l'avait lancé. J'aurais mieux compris que nous restions transis, les uns avec les autres, à écouter le cri de la morte.

Mais qui s'occupait de cela ? Déjà mes amis, ma famille comprenaient mal ma prostration. Ceux qui étaient venus me voir m'avaient parlé doucement, comme à une malade, sans prononcer une seule fois le nom d'Odile, sans tenter, d'une phrase, de sonder mon chagrin. Tant mieux, je leur aurais tout dit ; mais ces précautions qui voulaient se faire prendre pour de la délicatesse et qui n'étaient que de la lâcheté m'écœurèrent, et je partis.

Affreux voyage. Entre tout ce que je voyais, un objet, un paysage, et moi, il y avait une distance, comme un brouillard. J'avançais la main pour toucher, je touchais et je ne sentais rien. Et puis, ce poids dans la poitrine, ce tombereau de pierres qu'on ne se souvient pas d'avoir avalé et qu'on transporte si péniblement. Je montais mal les escaliers, dès que je voyais un fauteuil, un lit, je m'effondrais. Mais je ne dormais pas ; c'était curieux, je m'asseyais, la nuque contre le bois du lit, et c'était comme si le sommeil n'avait jamais existé, le mot même ne m'évoquait plus rien.

Mais j'avais besoin que quelque chose me fît mal à tout instant, et je m'appuyais brutalement contre un barreau du lit, ou je me tordais le pied sous mon fauteuil ; de temps à autre, je me pinçais la peau des mains ou la mordais, l'esprit calme.

Je pensais peu et ne cherchais pas à penser. Parfois, une grande douleur me traversait, fulgurante ; je ne comprenais pas tout de suite pourquoi, ni d'où elle venait. Puis je m'apercevais que c'était une image qui l'avait provoquée, une image d'Odile. Un sourire qu'elle avait eu, non pas un sourire joyeux, au contraire, un signe de retrait, un de ces moments où les êtres prennent sur eux pour cacher leur déception ou leur humeur, et faire bonne figure. Sur l'instant, on ne le remarque même pas, croit-on, on est content qu'ils nous soient revenus et qu'ils ne nous ennuient pas avec leurs plaintes. Or c'est ce refus d'eux que nous leur avons opposé, ce déni qui nous torture.

Le temps passa, je recommençai à dormir, à pouvoir ouvrir un livre. D'où vient, dans la douleur, cet écœurement que vous inspirent les livres alors qu'ils sont la consolation des peines plus légères ou atténuées ?

Sans doute parce que les livres sont signe de résignation : même pour dénoncer, on n'écrit que parce qu'on est déjà résigné à la vie, à son malheur. Les livres, en fait, sont des cercueils ; les ouvrir, c'est se disposer à une dissection.

Un jour, sur un chemin où l'air était doux, je respirai et emplis à fond mes poumons ; c'était la première fois depuis bien longtemps. À la même époque, je commençais à pouvoir repenser à Odile. Et à moi.

M'avait-elle aimée ? Cette phrase, je m'en aperçus alors, ne m'avait pas quittée depuis que Ralph me l'avait sortie. Elle m'avait tant stupéfiée que je l'avais enfouie en moi sans l'examiner. Elle ne correspondait à rien de ce que je pouvais croire possible. Les femmes n'aiment pas les femmes, on le sait, ou bien il s'agit de perversions, de jeux que l'on se joue. Odile était la simplicité même, et conformiste de tant de façons. Pour elle, un tel amour ne pouvait qu'être inconcevable.

Je me mis à me remémorer le passé, à le revivre instant par instant, scène après scène, en cherchant à m'imaginer qu'à ces moments-là Odile m'aimait. Souvent on croit se prêter à une expérience, faire « comme si ». Or c'est un leurre : dès qu'une pensée vous a traversé l'esprit, dès qu'on a admis, ne fût-ce qu'une seconde, une possibilité, une hypothèse, ce qu'on croit n'être qu'une fiction, notre esprit s'en trouve renversé et ne peut plus revenir en arrière.

Oui, en Italie déjà je pouvais croire qu'Odile m'aimait, que cela expliquait sa vivacité à accepter ce séjour somme toute absurde, et, plus tard, sa tranquillité, sa soumission ; mais, une fois que je l'eus supposé, je ne parvins plus à revenir à ce que je prenais pour vrai le quart d'heure d'avant. Ni à retrouver les souvenirs que j'avais conservés de ce temps-là : je les déchiffrais différemment, ou plutôt je ne me les expliquais pas.

Et cette entreprise de retour au passé que j'avais entamée avec réticence, et même un rien d'horreur, je la poursuivais maintenant avec emportement, dans une sorte de griserie émerveillée : peu à peu, je me persuadai de l'amour d'Odile.

Comment avais-je fait pour ne pas m'en apercevoir ? C'est qu'on ne voit pas ce qu'on ne cherche pas ; et comment aurais-je cherché de l'amour chez cette femme tranquille, encombrée d'un mari et d'enfants ? Ce n'était pas tant la peur du scandale qui m'avait aveuglée, que le grotesque de la situation, le côté mère de famille en folie !

Voilà ce qui, de ma part, était méprisable : au nom de ces images conventionnelles – au surplus, qui n'étaient pas les miennes –, avoir refusé la réalité de cet amour.

D'où mon remords.

Je songeai aux autres, à Philippe. Je regrettai ma brutalité à son égard. Pourtant, j'étais obligée de reconnaître que si elle avait été violente dans son expression, c'était pour constater une évidence : sans Odile, nous n'avions, lui et moi, plus rien à faire ensemble.

Mes gestes savaient parfois avant moi ce que je ne m'apprendrais que plus tard.

Pour autant, je n'étais pas devenue un ange. L'hiver se terminait et dans cette tiédeur qui commençait à m'environner, qui me sollicitait pour des courses, des plaisirs, j'avais parfois de brusques accès de rage. Je me jetais au sol, poings serrés, en songeant à ce qui n'avait pas été vécu. On ne se console jamais de rien, on se ratatine, n'ayant plus la force de nourrir ses rêves et ses regrets, mais ils sont là, en creux, comme en attente.

Qu'on reprenne espérance, et la sève les inondera de nouveau. Or, chaque fois que je relevais la tête, que je désirais aller de l'avant, mon premier mot était « Odile » ; ce qui me renvoyait à mon accablement dans un va-et-vient que je croyais ne jamais pouvoir dépasser.

Que craignais-je ? De me retrouver en lutte avec les objets usuels, avec le froid, la faim ? Voilà qui était bien étrange, pour quelqu'un qui avait souhaité mourir comme on aspire au bonheur, qui tant de fois avait rêvé de s'être trouvée dans la voiture d'Odile lorsqu'elle l'avait précipitée dans la Seine !

En fait, ce n'était pas la misère que je redoutais, mais le formidable poids de la société ; je m'étais adaptée à sa pression, là où j'étais, mais si je venais à me déplacer en son sein, je n'étais pas sûre de pouvoir renouveler le même exploit.

Soudain j'en fus à manquer d'argent ; n'ayant pas travaillé depuis des mois, j'avais vécu sur mon capital. Il s'était épuisé. Cela me parut absurde, impossible, une mauvaise plaisanterie. En même temps, quelque chose en moi me disait que c'était vrai ; j'avais beau porter de beaux vêtements, me nourrir deux fois par jour, conduire une voiture, voir se lever et se coucher le soleil, cette situation pouvait se révéler précaire, transitoire. C'est dans une véritable inquiétude que je regagnai soudain Paris.

Pendant les quelques semaines où je cherchai du travail, je ne songeai à rien d'autre ; rien d'autre n'était possible tant que je n'avais pas d'argent. C'était la bouée qui me permettait de flotter en surface, là où il faut rester dans cette société si l'on veut pouvoir aimer, agir, choisir. J'avais honte de constater à quel point je faisais passer au second plan ce pour quoi je vivais généralement : les sentiments, que j'aurais volontiers appelés « bêtises » du fait que je risquais de manquer de moyens de vivre et de me retrouver dans la rue ou dans la dépendance.

Soudain tout s'arrangea, je retrouvai mon aisance et me sentis à nouveau libre. Alors Odile me revint à l'esprit, et parce que j'étais à Paris, bientôt je songeai à Ralph.

De lui je n'avais pas de nouvelles ; il m'avait écrit, cependant. Un mot bref qui semblait m'être à peine adressé : il laissait entendre qu'il ne dormait ni ne mangeait plus ; c'était confesser du désespoir. Je n'avais lu sa lettre qu'une fois, sans y voir de sens, sans y en chercher. Se fût-il trouvé quelqu'un à mes côtés, durant cette période accablée, pour me demander ce que je pensais de Ralph, quelles étaient mes intentions à son égard, j'eusse en toute bonne foi répondu que Ralph ne m'inspirait ni sentiment ni projet.

Voilà bien le mystère : souvent, ce que nous souhaitons, les buts que nous poursuivons avec le plus d'acharnement nous sont totalement ignorés. Ou presque. Un matin, c'est en même temps qu'à plusieurs autres que je téléphonai à Ralph ! Comme au hasard. Un léger malaise aurait pu m'indiquer que je mentais : c'était lui et seulement lui que je voulais voir.

En me rendant à ce bar où nous avions rendez-vous, j'étais à nouveau la proie de mille soucis que je n'éprouvais plus d'ordinaire concernant ma tenue. Je redoutais aussi l'éventualité de me heurter à lui sur le trottoir, ou qu'en marchant derrière moi il surprît ma hâte de courir à ce rendez-vous qu'il m'avait donné.

J'avais beau ne pas savoir ce que je voulais, je me comportais comme si quelqu'un d'autre eût pu me déchiffrer sur un simple regard.

Il était là, assis à une table où, je m'en souvins, nous nous étions déjà rencontrés. Étais-je ou non contente de cette coïncidence ? Il arrive que le passé nous tende la main de l'habitude pour nous aider à vivre le présent, mais cette main a ses inconvénients : elle peut nous retenir d'avancer.

Il me regarda, puis ne me regarda plus. Nous n'étions ni tristes ni gais. J'avais préparé de longues phrases pour expliquer mon absence ; parler emphatiquement d'Odile. Il n'était pas nécessaire de parler d'Odile, elle était là. Je pris mon verre en me demandant si oui ou non j'allais comme elle lever le petit doigt pour boire ; si Ralph s'en apercevrait. Je voyais ses longs cils penchés. « C'est un enfant », avait dit Odile.

Brusquement il me parla de Philippe comme s'il répondait à quelque chose que j'eusse proféré. Il l'avait rencontré et Philippe l'avait agrippé pour lui conter son chagrin. Plus il me disait que Philippe avait mauvaise mine, qu'il ne sortait plus, qu'il avait des larmes plein la voix, mieux je sentais que Philippe allait très bien, qu'il prospérait, qu'il n'y avait pas à s'en faire pour lui ; et que c'était aussi ce que pensait Ralph.

– Et les enfants ? demandai-je.

Des enfants Ralph ne savait rien, ils avaient des grand-mères, des tantes, des collèges, des gouvernantes.

Philippe, je le devinais, allait les élever très bien, c'est-à-dire abominablement ; il allait les bourrer de sucreries et de principes, il ne leur parlerait pas du bonheur. Et quand les enfants commenceraient à désobéir, il croirait bon de se résigner au lieu de leur montrer ce que les enfants attendent, ce qu'aurait peut-être su leur marquer Odile : une hautaine, une implacable exigence.

Enfants que je ne verrais jamais, qui me haïraient, peut-être ; j'y pensai de toutes mes forces, sans doute pour la dernière fois.

Je me renversai en arrière ; il y avait quelque gaieté dans l'air, je sentais comme un besoin de bonheur. Tournant la tête un peu trop vite, je surpris sur moi le regard de Ralph. Il baissa les paupières.

– Si nous sortions ? dit-il.

Dehors brillait une autre ville ; si souvent je m'étais promenée sur ses trottoirs, les effleurant à peine, qu'aujourd'hui il me semblait pénétrer Paris plus profondément, qu'il me tenait sous sa peau.

Pour partager mon émotion, j'avançai la main vers Ralph, cherchai la sienne. Il la retira brusquement, puis, comme s'il voulait reprendre son refus, encercla le haut de mon bras, y enfonçant doucement les ongles. Il y avait de la méchanceté dans son geste.

Il m'entraîna dans un taxi. Il semblait agir un peu malgré lui, maussadement. Il avait aimé Odile, elle m'avait préférée ; était-ce pour cela qu'il m'en voulait ? Je chassai cette pensée. Sans Philippe et sans Ralph, Odile ne m'eût pas aimée, et si j'étais avec Ralph aujourd'hui, n'était-ce pas pour l'amour d'Odile ? Que m'importait... Les autres jettent des fondations, découpent des frontières ; moi, je ne voulais rien définir pour que rien, jamais, ne soit impossible.

À l'attitude de Ralph je devinai qu'il ne m'appréciait guère, il devait penser que j'étais facile ; peut-être n'allait-il vers moi que dans l'intention de me dépecer pour voir ce qu'il allait y trouver d'Odile ? Cette idée me fit mal, mais je n'avais pas envie de me défendre.

Dans la tête des gens, des millions de gens qui m'entouraient, il y avait tant d'idées que je réprouvais, qui me paraissaient fausses, abominables, mais que je me sentais incapable de déraciner ! Mon impuissance m'anéantissait, me donnant envie de ne plus bouger des coussins où j'étais assise. Pourtant, Odile m'avait aimée, je l'aimais, cela demeurait vrai, aussi vrai que les arbres qui défilaient doucement derrière les vitres de la voiture, que ces couples qui se tenaient par le bras, que ces enfants.

Le taxi s'arrêta devant chez Ralph. Je le suivis comme si j'avais toujours su que c'était là que nous allions, et pourtant je n'y avais pas encore songé. J'étais prête. Il ouvrit des portes, me fit asseoir, me regarda.

Il allait me faire souffrir ; il avait déjà commencé.

DU MÊME AUTEUR

Un été sans histoire, roman, Mercure de France, 1973 ; Folio, 958.

Je m'amuse et je t'aime, roman, Gallimard, 1976.

Grands Cris dans la nuit du couple, roman, Gallimard, 1976 ; Folio, 1359.

La Jalousie, essai, Fayard, 1977 ; rééd., 1994.

Une femme en exil, récit, Grasset, 1979.

Un homme infidèle, roman, Grasset, 1980 ; Le Livre de Poche, 5773.

Envoyez la petite musique..., essai, Grasset, 1984 ; Le Livre de Poche, « Biblio/essais », 4079.

Un flingue sous les roses, théâtre, Gallimard, 1985.

La Maison de jade, roman, Grasset, 1986 ; Le Livre de Poche, 6441.

Adieu l'amour, roman, Fayard, 1987 ; Le Livre de Poche, 6523.

Une saison de feuilles, roman, Fayard, 1988 ; Le Livre de Poche, 6663.

Douleur d'août, Grasset, 1988 ; Le Livre de Poche, 6792.

Quelques pas sur la terre, théâtre, Gallimard, 1989.

La Chair de la robe, essai, Fayard, 1989 ; Le Livre de Poche, 6901.

Si aimée, si seule, roman, Fayard, 1990 ; Le Livre de Poche, 6999.

Le Retour du bonheur, essai, Fayard, 1990 ; Le Livre de Poche, 4353.

L'Ami chien, récit, Acropole, 1990 ; Le Livre de Poche, 14913.

On attend les enfants, roman, Fayard, 1991 ; Le Livre de Poche, 9746.

Mère et filles, roman, Fayard, 1992 ; Le Livre de Poche, 9760.

La Femme abandonnée, roman, Fayard, 1992 ; Le Livre de Poche, 13767.

Suzanne et la province, roman, Fayard, 1993 ; Le Livre de Poche, 13624.

Oser écrire, essai, Fayard, 1993.

L'Inondation, récit, Fixot, 1994 ; Le Livre de Poche, 14061.

Ce que m'a appris Françoise Dolto, Fayard, 1994 ; Le Livre de Poche, 14381.

L'Inventaire, roman, Fayard, 1994 ; Le Livre de Poche, 14008.

Une femme heureuse, roman, Fayard, 1995 ; Le Livre de Poche, 14021.

Une soudaine solitude, essai, Fayard, 1995 ; Le Livre de Poche, 14151.

Le Foulard bleu, roman, Fayard, 1996 ; Le Livre de Poche, 14260.

Paroles d'amoureuse, poésie, Fayard, 1996.

Reviens, Simone, suspense, Stock, 1996 ; Le Livre de Poche, 14464.

La Femme en moi, essai, Fayard, 1996 ; Le Livre de Poche, 14507.

Les Amoureux, roman, Fayard, 1997 ; Le Livre de Poche, 14588.

Les amis sont de passage, essai, Fayard, 1997 ; Le Livre de Poche, 14751.

Un bouquet de violettes, suspense, Stock, 1997 ; Le Livre de Poche, 14563.

La Maîtresse de mon mari, roman, Fayard, 1997 ; Le Livre de Poche, 14733.

Un été sans toi, récit, Fayard, 1997 ; Le Livre de Poche, 14670.

Ils l'ont tuée, récit, Stock, 1997 ; Le Livre de Poche, 14488.

Meurtre en thalasso, suspense, Stock, 1998 ; Le Livre de Poche, 14966.

Défense d'aimer, Fayard, 1998 ; Le Livre de Poche, 14814.

Les Plus Belles Lettres d'amour, Albin Michel, 1998.

Théâtre I, En scène pour l'entracte, Fayard, 1998.

Théâtre II, Combien de femmes pour faire un homme ?, Fayard, 1998.

La Mieux Aimée, roman, Fayard, 1998 ; Le Livre de Poche, 14961.

Cet homme est marié, roman, Fayard, 1998 ; Le Livre de Poche, 14870.

Si je vous dis le mot passion..., entretiens, Fayard, 1999.

Trous de mémoire, essai, Fayard, 1999 ; Le Livre de Poche, 15176.

L'Indivision, roman, Fayard, 1999 ; Le Livre de Poche, 15039.

L'Embellisseur, roman, Fayard, 1999 ; Le Livre de Poche, 14984.

Divine Passion, poésie, Fayard, 2000.

J'ai toujours raison, nouvelles, Fayard, 2000 ; Le Livre de Poche, 15306.

Jeu de femme, roman, Fayard, 2000 ; Le Livre de Poche, 15331.

Dans la tempête, roman, Fayard, 2000 ; Le Livre de Poche, 15231.

Nos jours heureux, roman, Fayard, 2000 ; Le Livre de Poche, 15368.

La Maison, récit, Fayard, 2001.

La Femme sans, roman, Fayard, 2001 ; Le Livre de Poche, 15486.

Les Chiffons du rêve, nouvelles, Fayard, 2001 ; Le Livre de Poche, 15553.

Deux Femmes en vue, roman, Fayard, 2001 ; Le Livre de Poche, 15421.

L'Amour n'a pas de saison, Fayard, 2002 ; Le Livre de Poche, 30120.

Nos enfants si gâtés, roman, Fayard, 2002 ; Le Livre de Poche, 30221.

Callas l'extrême, biographie, Michel Lafon, 2002.

Conversations impudiques, essai, Pauvert, 2002 ; Le Livre de Poche, 30028.

Dans mon jardin, récit, Fayard, 2003 ; Le Livre de Poche, 30410.

La Ronde des âges, roman, Fayard, 2003 ; Le Livre de Poche, 30309.

Mes éphémères, Fayard, 2003.

L'Homme de ma vie, Fayard, 2004 ; Le Livre de Poche, 30504.

Noces avec la vie, Fayard, 2004.

Un oncle à héritage, Fayard, 2005.

Les Roses de bagatelle, Fayard, 2005.

Le Certain Âge, Fayard, 2005.

Le Charme des liaisons, Fayard, 2006.

madeleine.chapsal@wanadoo.fr

Composition
PARIS PHOTOCOMPOSITION
75017 PARIS

Impression réalisée sur CAMERON par
BRODARD ET TAUPIN
La Flèche

pour le compte des Éditions Fayard
en septembre 2006

Dépôt légal : septembre 2006
N° d'édition : 75822 – N° d'impression : 37703
ISBN : 2-213-62508-5
35-33-2708-2/01

Imprimé en France